„Fidefix, ich hör dich denken!"

„Ich dich schon lange."

Knut Koch

FIDEFIX
&
KNUT

Achte Auflage.

Autor:

Knut Koch *schrieb den Bestseller ‚Barfuß als Prinz'. Er ist Schauspieler, Regisseur und Autor, lebt in Frankreich und Deutschland.*

Kontakt:
www.fidefix.com
Facebook, Twitter: #fidefixdasbuch
Herausgeber: Knut Koch
LLL-Verlag Postfach 200330 13581 BERLIN

Copyright © 2020
Alle Bildrechte bei K.Koch
Herstellung und Verlag: BoD – Books on Demand, Noderstedt.
ISBN: 9783743138469

Vervielfältigungen, auch auszugsweise, bedürfen der Erlaubnis durch den Autoren

1.

Knut ist nun nicht mehr der Jüngste.

So nennt man tröstend ältere Männer, die allein zu zweit mit ihrem Hund zur fast gleichen Zeit ihre fast immer gleichen Spazierwege ablaufen und dort fast immer denselben Hundefreunden begegnen.

Sie alle würden sich während dieser Wege viel lieber mit ihrem vertrauten Hund unterhalten, statt ersatzweise und ungeniert mit fremden Menschen nur *über* ihre Vierbeiner ins Gespräch zu kommen. Das ist ein international erstaunliches Phänomen. Niemals würde man einander ansprechen, es sei denn mit Hund.

Knuts kleiner Fidefix begrüßt alle Hunde. Am liebsten die ganz großen, aber noch lieber begrüßt er Menschen. Und wenn sich jemand zu ihm beugt, hat dieser kleine Hund die sehr seltene Angewohnheit, den Menschen lange und so intensiv in die Augen zu schauen, dass alle ihm spontan Antwort geben auf Fragen, die der Kleine gar nicht stellen kann... Jeder reagiert auf diese offene Zuwendung von Fidefix. Und immer amüsiert es Knut.

Während eines solchen Spaziergangs wankt urplötzlich der Boden. So früh am Morgen wird es in Sekunden nachtschwarz. Kaum spürt Knut noch, dass er fällt, aufschlagend neben Fidefix, der erstarrt steht, nun unversehens Kopf an Kopf mit seinem Menschen.

Kurz wird es hell in Knuts Augen, im Blick gleichauf mit Fidefix und beide staunend überrascht von diesem plötzlichen Sturz. Der jetzt gleitet in einen tiefen schwarzen Flug.

Fidefix sitzt neben diesem Kopf, reglos. Desto lebhafter reagieren Menschen umher. Einigen ist dieser zu Boden gestürzte Mann bekannt von ihren täglichen Begegnungen. Einer beugt sich zu ihm, Fidefix hört aufgeregte Stimmen. Dann bleibt es seltsam still. Wartend stehen die Menschen, deren Schuhe er seitwärts wahrnimmt. Unverändert beobachtet der Kleine nur dieses schlafende Gesicht. Nichts anderes interessiert ihn.

Er würde sogar versuchen Knuts Gesicht wach zu lecken, aber das traut er sich nicht, weil zu viele Menschen nahe um sie herum stehen. Dann hört er ein ihm aus Straßenlärm längst vertrautes Alarmhorn, es kommt genau zu ihnen und verstummt jaulend, Männer öffnen Knuts Hemd, machen sich heftig an ihm zu schaffen, legen ihn auf eine Trage, heben sie hoch und sind weg.

Noch immer sitzt Fidefix still.

Bis sich ein älteres Ehepaar zu ihm beugt, das er gut kennt. Sie wohnen neben Knuts Haus, ihre Gartentüre steht meist einladend offen, und immer freuen sie sich über den Besuch des kleinen Nachbarn. Es war zwischen ihnen eine heimliche Freundschaft entstanden, von Knut toleriert, auch wenn es ihn nicht freute, dass sie Fidefix mit Leckereien verwöhnten, die dem trockenen Futter zu Hause weit überlegen sind. Denn die alte Dame kocht vorzüglich!

Ein Talent, das Knut leider vollkommen versagt ist. Obgleich er gerne und lustvoll essen mag – sofern es ihm auf einem Teller serviert wird! Und er nach dem Genuss nicht Topf und Pfanne mühsam abwaschen muss. Wenn sie beide also allein zu Hause essen, hält er das Schmausen auf kleinstem Nenner. Trocken und durchaus nahrhaft aus der Tüte für Fidefix. Für Knut selbst nur, was sich mit wenigen Handgriffen zubereiten lässt. Und beide blieben bisher dank dieser Ernährung bei allerbester Gesundheit. Bis zum jähen Sturz heute.

Fast ist es eine Freude, dass ausgerechnet dies ältere Ehepaar sich zum plötzlich verlassenen Fidefix beugt, ihn streichelt. Und ihm anbietet, ihnen zu folgen. Was weiß der Kleine denn, wohin Knut getragen wurde? Auch ist seine Haustüre ja fest verschlossen. Bei den freundlichen Nachbarn kann Fidefix vorerst bleiben. Bis Knut wieder auf stabilen Beinen steht. Was doch wohl zu hoffen ist?

Sehr gern trottet der Kleine hinter den freundlichen Alten her, schaut sich allerdings mehrmals um, ob sie Knut nicht wieder dort auf den Weg gelegt haben, oder er nicht doch zurückgekommen ist, ... auf der Suche nach seinem Fidefix.

**

Es blieb zunächst unklar, was der kluge Hund in den Tagen wusste als Knut nicht bei ihm war. Die beiden Alten hatten ihm ein gemütliches Kissen bereitet, sie gaben ihm kein Trockenfutter, das kannten sie gar nicht. Kochten für sich jeden Tag eine duftend warme Mahlzeit, von der sie ihm stets reichlich abgaben. Auch sorgten sie dafür, dass er genug Wasser hatte, und zweimal am Tag wollte der Kleine vor die Türe. Dort verhielt er sich erstaunlich, -- niemals machte er sein Geschäft im Garten am Haus, er suchte sich einen verborgenen Platz tief im Gebüsch, das sich hier außerhalb der Grundstücke reichlich findet, denn dies ist eine ruhige Stadtrandgegend.

Und die hatte Knut vor etlichen Jahren für sich bewusst gewählt. Auch mit der Absicht allzu aufdringliche Besucher abzuschrecken, die nur mal kurz vorbeischauen wollen und dann doch lästig viel Zeit stehlen. Selten lud er Freunde ein. Und höchstens zum Kaffee am Nachmittag! Aufwendige Abendgesellschaft samt schwerem Nachtessen blieb tabu. Da müsste es dann schon einen besonderen Anlass geben. Von denen es für Knut immer weniger gab, aber das behagte ihm durchaus. Ihm genügte die Gesellschaft mit Fidefix. Ein stummes Beieinander. Allenfalls hielt der Große dem Kleinen unterhaltsame Monologe, ein Hund spricht ja nicht. Hat zwar eine Stimme, sogar in teils erstaunlichen Stimmlagen von hohen und tiefen Tönen, aber er artikuliert keine Antworten.

Offenbar war auch Fidefix damit zufrieden, dass er Knut immer nur zuhörte, ihn aber im Haus ganz für sich alleine hatte. Es gab ja täglich gemeinsame Spaziergänge. Sehr oft gingen beide zur nahen, bevölkerten Hunde-Wiese. Dort saß dann Knut auf einer Parkbank und schaute dem Herumtoben zu.

So schien es den beiden Altchen nicht ungewöhnlich, dass Fidefix jetzt stundenlang auf seinem Kissen lag, meist allerdings mit weit offenen Augen, was ihnen nicht als unüblich auffiel. Aber kaum liegt ein Hund bequem, schon schläft er. Jedem Hund erleichtert Schlafen das Warten, er kann Stunden verdösen. Hätten die Alten darauf geachtet, wäre ihnen aufgefallen, er schlief nicht. Er lag hier tagsüber wach – und wartete.

*

Die Alten essen fast auf den Glockenschlag. Ganz anders als Knut, der sich längst nicht mehr von seiner Wanduhr treiben lässt, mochte sie auch stur alle Stunde schlagen. Ihn „treiben nur die Wolken", pflegt er zu sagen. Und damit meint er, es gibt ewig viele Wolken am weiten Himmel. Ist es also nicht diese, nun gut, dann die nächste.

Keine festen Regeln! Erst wenn ihm plötzlich hungrig der Magen signalisiert ‚Alter, hast das Essen mal wieder total vergessen' -- dann schaut Knut in den Schränken nach, was sich dort an Essbarem findet. Für sich! Vorrat an trockenem Hundefutter ist immer vorhanden. Das organisiert Knut natürlich sehr gewissenhaft.

Fidefix liegt mit offenen Augen und wartet. Er scheint zu horchen, aber regt sich nicht, als ob er wüsste, Knut kommt noch nicht. Heute nicht und wohl auch nicht morgen.

**

In einem fremden Bett wacht Knut auf und erkennt, er liegt in irgendeinem Krankenhaus. Ein Einzelzimmer, diesen Anspruch hatten sie wohl anhand seiner Kassenkarte erkannt, die er stets bei sich trägt. Allerdings liegt er hier nur mit einem Flügelhemdchen bekleidet. Wer hätte für ihn passend etwas Kleidsames abgeben können? Auch die Altchen wissen offenbar nicht, wohin man ihn gebracht hat.

Und Knut weiß zunächst auch nicht, ob er sein mobiles Telefon bei sich hatte. Es ist daher seine erste Frage, die er dem jungen Pfleger stellt, der zur Kontrolle ins Zimmer schaut und überrascht ist, dass der Patient ihn aufgewacht anspricht.

„Hatte ich mein Handy bei mir?"

Der junge Mann lächelt über die ungewöhnliche erste Frage nach dem Aufwachen. Sein Handy ist ihm wichtig! Ganz schön tough der Alte.

„Ich schau nach, darf ich es in Ihrer Kleidung suchen?"

Wie sich herausstellt, steckt alles versiegelt in einem Plastiksack, der liegt hier bereit in seinem Schrank, da es ja ein Einzelzimmer ist.

"Wir haben keine Schuhe von Ihnen – darüber waren wir alle verwundert, Sie waren barfuß!"

"Ach," schmunzelt Knut, "das hat euch verwirrt, was? Eine alte Angewohnheit von mir, -- wann immer es möglich ist, werf ich meine Schuhe in die Ecke."

"Bei jedem Wetter?"

"Ja, meistens. Ich trag auch keine Handschuhe."

Jetzt amüsiert es auch den jungen Mann. "Das werd ich meinen Kollegen berichten, 'er trägt auch keine Handschuhe'! Uns allen waren Sie ein Rätsel."

"Zum Glück hatte ich meine Versicherungskarte bei mir, sonst hättet ihr mich für einen Obdachlosen gehalten!"

"Nein, das war es ja. Ein gepflegter Privatpatient – barfuß!"

Beide lachen.

"Mal was vom Pater Kneipp gehört? Im Morgentau spaziere ich auf meiner kleinen Wiese am Haus – enorm anregend."

"Hier ist Ihr Handy – in der Hosentasche! Leider kein Saft mehr drauf!"

Das erkennt der junge Mann mit einem Tastendruck.

„Oh, für so ein altes Ding hat hier niemand ein Ladegerät. Wollen Sie telefonieren? Ich besorg Ihnen einen Apparat. Aber erst sag ich dem Arzt bescheid, dass Sie wach sind!"

„Er wird wohl wissen warum ich hier faul rumliege und penne, was?"

Der junge Mann reagiert amüsiert, Knut spürt jedoch, unerklärlich erschöpft liegt er hier, kaum mehr als ein mattes Lächeln gelingt ihm jetzt. Was ist passiert? Der Arzt wird es ihm erklären!

**

Der aber war, wie er offen bekannte, ziemlich ratlos. Einerseits fand es Knut sympathisch, dass der Doktor sich nicht allwissend gab. Andererseits blieb später reichlich Stoff zum Nachdenken. Soweit er nämlich den Arzt verstanden hatte, war Knut etwas Ähnliches wie ein Infarkt durch den Kopf gerattert. Bewusstlos zunächst im Ambulanzwagen, dann aus eigener Kraft oder auch dank Injektion eines Notfallmedikaments, war er jedoch bei Bewusstsein, wenn auch mit alarmierend schwachen Reflexen, als sie in der Klinik eintrafen.

„Zeitweilig sah es aus, als ob Sie sich verabschieden wollten, dann aber stiegen die Werte wieder, fielen, stiegen, wir hatten keine Erklärung. Sie waren wohl teils ziemlich weit weg, aber dort, na ja, wollten Sie offenbar nicht bleiben. Sie scheinen momentan wieder vollkommen wach zu sein, nach meiner ersten Untersuchung hier im Bett sind alle Ihre Reflexe normal. Und doch kann ich Ihnen nicht versprechen, ob dieser Sturz sich nicht jederzeit wiederholen wird. Wir müssten Sie jetzt ausgiebig untersuchen!"

„Oh, nein, nein, ich fühl mich erschöpft, aber ich bin wie immer. Und zu Hause habe ich Fidefix, der braucht mich dringend. Mein kleiner Hund."

„Wo ist er denn die letzten Tage geblieben, haben Sie keine Familie? Es hat niemand nach Ihnen gefragt."

„Da bin ich sehr zufrieden, so ist es keinem aufgefallen -- wie bitte? Einige Tage sagen Sie?!"

„Ja, es ist der dritte Tag."

Wirklich schockierend für Knut.

„Ich hab sehr nette Nachbarn, mein kleiner Hund ist clever genug bei denen Schutz gesucht zu haben."

„Na bitte, dann bleiben Sie und lassen sich gründlich untersuchen."

„Wozu? Dass Sie mir sagen, es kann mir jederzeit wieder passieren?"

„Leider könnte es auch tödlich enden..."

„Ach, junger Mann, der Tod droht mir in meinem Alter ständig! Ich möchte schnell hier raus, verstehen Sie?"

∗∗

Nimmt Knut das wirklich so leicht? Ist Fidefix der wahre Grund, weshalb er nicht in diesem Krankenbett bleiben will? Und ist ihm wirklich bewusst, es könnte ‚jederzeit wieder' passieren, -- sogar endgültig, ohne mich zuvor verabschiedet zu haben?

Er liegt wach in diesem fremden Bett, in dem er keinesfalls sterben will. Das hatte er sich lange schon geschworen. Sterben nur zu Hause im eigenen Bett. Dafür sorge ich notfalls eigenhändig! Keinesfalls hier einsam all der technischen Medizin ausgeliefert, mit der sie den Tod verzögern bei brutalem Aufwand.

Nein, nein. Aber wieso sterben? Und wieso ‚weit weg'? Was weiß ich denn selbst davon? Ich hab zuletzt Fidefix in die weit offenen Augen gesehen, das erinnere ich klar und hell.

Auch, dass ich klein wie er am Boden war, ich lag auf der Straße, -- aber warum?

Hat mich ein Auto angefahren? Knut bewegt Beine, Arme, wendet sich nach den Seiten, tastet den Kopf ab. Nein, keine Verletzung. Aber wieso lag ich auf dem Boden? Und jetzt lieg ich hier in einem Klinik-Bett. Da muss ich so schnell wie möglich raus!

Er will sich aufsetzen und spürt sofort einen leichten Schwindel im Kopf, also zu schwach noch. Aber ich komme hoch, das schwöre ich euch!

‚Weit weg...?' Das beschäftigt ihn, während er ausruht von der vergeblichen Mühe sich aufzurichten. Was war zwischen dem Auge in Auge mit Fidefix und dem Aufwachen heute? Denk nach! Gab es keine Träume? Halbwache Phasen?

Und drei Tage, da musstest du doch pinkeln! Oh ja, das spürt er jetzt, einen Katheter haben sie ihm gelegt. Also war er paar Tage nicht aus dem Bett?

Ich muss hier unbedingt aufstehen. Zumindest mich auf die Bettkante setzen. Wie die Ärzte es sehr rasch nach Operationen ihren Patienten abverlangen. Sich auf die Kante setzen, die Beine baumeln lassen. Das weckt die müden Lebensgeister.

War ich denn fast tot?

**

2.

Dann kam Knut nach Hause, nicht mal im Krankenwagen, er

hatte darauf bestanden, im Taxi zu fahren. Und Fidefix saß vor der Haustüre! Später haben die Altchen von nebenan berichtet, dass der Kleine ganz plötzlich raus wollte, zu einer ungewohnten Zeit, unbedingt. Also öffneten sie ihm die Türe, haben die aber nur angelehnt. Und deshalb hörten sie das Taxi kommen und konnten sehen, dass Fidefix schon drüben auf Knut wartete und sich die beiden vor dem Haus nun still begrüßen.

Ja, tatsächlich ungewohnt still. Wenn Knut sonst mal für ein paar Stunden weg war, sprang Fidefix lebhaft an ihm hoch und konnte gar nicht genug geliebt und gestreichelt werden. Dieses Mal ist es anders. Der Kleine geht sehr vorsichtig auf Knut zu und schmiegt sich behutsam an ihn. Und Knut merkt, dass es ihn anstrengt länger gebückt zu bleiben. So steht er und spürt nur Fidefix an seinen Beinen. Dann sieht er drüben die freudig bewegt vor ihrer Türe stehenden Nachbarn und weiß, dass sie also den Kleinen aufgenommen hatten. Er winkt ihnen zu mit einer Geste, die verspricht, später komm ich rüber! Erst mal ins Haus. Erst mal im Sessel sitzen und durchatmen. Und sich im Zimmer umschauen.

Alles erscheint ihm verändert. Fast wirkt das Zimmer wie eine Filmkulisse. Alles wirklich wahr und doch nur eine Kette von Bildern. War ich so weit weg?

Dann spürt er, dass Fidefix keine zwei Meter entfernt sitzt und ihn fest im Blick hat. So kennt das Knut an ihm. Aber dieses Mal ist sein Hundeblick noch intensiver. Auch wissender? Beide schweigen sie eine Weile, schauen sich nur an.

„Als ob du wüsstest, wo ich war. -- In der Klinik! Völlig bekloppt."

„Nicht nur in der Klinik."
„Ja, stimmt. Auch noch woanders."
„Wolltest du dort bleiben?"
„Wo denn nur? Ich kann mich nicht erinnern."
„Denk nach, Knut!"
„Weißt du es denn?"
„Knut, du wolltest gehen."
„Ja, fast – hey…, Fidefix -- **hör ich dich denken?**"
„Ja, klar. I c h dich schon lange."

Jetzt wagt Knut erst mal gar nichts zu denken. Aber das kann er gar nicht abstellen. Er hatte offenbar eine Halluzination. Bildet sich ein, er hört den Hund! Satz für Satz.

„Natürlich kann ich Sätze. Ich wohn doch mit dir."
„Fidefix, -- hast du das Wort für Wort gelernt?"
„Was'n das soll das sein… lernen?"
„Was du nicht weißt, das lernst du."
„Fidefix weiß, was er weiß."
„Wenn ein M e n s c h geboren wird, weiß er gar nichts."
„Doch, weiß er alles. Hunde auch."

Knut ist alarmiert. Entweder ist er nun geisteskrank, vielleicht als Folge dieser unerklärlichen Ohnmacht, oder...
„Bist du nicht."
„Was?"
„Krank. Bist du nicht."
„War ich krank?"
„Mal ja, mal nein. Wie du gewollt hast."
„Ich wollte das?"
„Du – ja!"

Knut steht mühsam auf und geht zur Küche. Es ist ihm alles zu heftig jetzt. Der Hund redet. Nein, er redet gar nicht. Er denkt. Knut hört ihn deutlich denken.

„Fidefix, komm mal zu mir."
„Ich darf nicht in die Küche."
„Ja, ich weiß... das weißt du?"
„Steh immer in der Türe und warte."
„So hab ich das von dir verlangt, ja."
„Also, versteh ich dich schon immer."
„Ja, du schon, aber wieso hör ich dich plötzlich?"
„Ach, Knut… endlich!"

Knut würde sich gern ein Gläschen Rotwein genehmigen. Das ist ihm jetzt zu riskant. Er muss unbedingt die Kontrolle über seinen Verstand behalten. Kein Mensch hört einen Hund denken!
„Ist das Telepathie?"
„Telepatschie? Was'n das soll das sein?"
„Ja, Fidefix, Telepathie gibt es. Aber gibt es die auch Wort für Wort?"
„Für uns beide gemeinsam."
„Na ja, ich kenn dich seit du ganz klein warst. Und jetzt ahnt jeder von uns was der andere denkt."
„Knut, du hast mich immer geahnt."
„Aber wieso hör ich dich jetzt?"
„Du warst weit weg."
„Das sagst du auch?"
„Wie der Doktor."
„Woher weißt du das? Warst du bei mir im Zimmer?"
„… Manchmal mit dir."

Knut ist aufgewühlt. Auch wenn alles nur Halluzination ist, das sind sehr schöne Gefühle. Schon immer hat dieser kleine Hund ihn vor Einsamkeit geschützt…

**

Sie dachten noch eine kleine Weile hin und her. Bis Knut vollkommen erschöpft war. Er ging allein ins Schlafzimmer, denn auch dorthin darf Fidefix ihm ja nicht folgen. Küche und Schafzimmer sind beide tabu. Und hier blieb es jetzt still, nichts von Fidefix zu hören. Knut war es natürlich bewusst, dass ihn keine Wand und keine Entfernung davor schützen würden, seinen kleinen Hund denken zu hören. Und er ihn! Aber nun blieb es hier still, als Knut sich wohlig ins eigene Bett kuschelte für einen kleinen Mittagsschlaf. Zwar hatte er die Angewohnheit für Fidefix alle Türen offen zu lassen, aber der war allein im Wohnzimmer geblieben. Oft wartete er beim Aufwachen dennoch geduldig hier an der Türschwelle. Noch lag er jedenfalls nicht dort. Knut hörte auch keine weiteren Gedanken. Sollte er sich etwa Sorgen machen, ihn könnte eine Vorstufe von Alterswahn erreicht haben...?

Erschöpft endete die Grübelei, er schlief ein.

**

Sehr entspannt wacht er gute zwei Stunden später im hellen Zimmer auf. Sieht sofort, es ist nicht mehr die Klinik, ich bin zu Hause. Hier liegt jetzt auch Fidefix vor der offenen Türe zum Schlafzimmer und wartet auf mich wie immer. Ich bin putzmunter, Halluzinationen haben keine Chance. Es war vermutlich Überhang eines Medikaments dieser bekloppten Ärzte! Gottseidank, ich bin zu Hause und nicht mehr krank!

„Nee, krank bist du nicht, hast prima geschlafen. Freue ich mich."
„Ich mich auch – w a s i s t ? **Hör ich dich schon wieder?**"
„Willst du nicht?"
„Vielleicht bin ich meschugge?"

„Was'n das soll das sein?"
„Die haben mir ein Medikament gegeben, jetzt hör ich meinen Hund."
„Du hörst nur, was ich für dich denke, so zu dir hin."
„Denkst du auch zu anderen Menschen hin?"
„Zu dir hab ich oft gedacht, du hast nie hingehört."
„Darauf ist doch keiner gefasst!"
„Jeder Mensch spricht zu seinem Hund."
„Stimmt."
„Keiner hört hin zu seinem Hund."
„Was h ö r ich denn jetzt, das ist doch keine Stimme! Ich bin verrückt."
„Bist du ein feiger Hase?"
„Dir macht das keine Angst, Kleiner?"
„Ich hab so lange drauf gewartet!"

Knut schweigt eine Weile ratlos.

„Fidefix, hörst du auch, was andere Hunde denken?"
„Die versteh ich alle."
„Jeden Köter?"
„Köter sollst du nicht sagen."
„Verzeihung!"
„Ich höre jeden, den ich will. -- Machst du doch auch."
„Was mach ich?"
„Du nimmst das kleine Ding und redest."
„Mein Handy?"
„Keiner ist in unserm Haus, aber ihr redet."
„Das wird gesendet per Funk."
„Ich sende per ich."

Knut schaut ihn fassungslos an. Der Kleine sitzt vergnügt wartend vor der Türschwelle zum Schlafzimmer. Knut ist nun vollkommen verunsichert. Was haben die mit seinem Kopf gemacht?

„Gar nix! Der Doktor sagt, sie haben alle keine Ahnung."

„Ja, hat er gesagt."
„Ist doch schön, wir beide hören uns!"

Eben noch im Krankenhaus, jetzt zu Hause und meschugge! Er muss sich erst mal sammeln. Wie spät ist es? Noch nicht Abend, es ist ja noch hell draußen, also war es ein tiefer Mittagsschlaf... Knut geht in die Küche und braucht jetzt einen Tee. Am liebsten mit Rum, aber das ist noch immer zu riskant. Wer weiß, wie das Medikament dann wirkt in seinem Kopf!

„Ist kein Medikament. Bin nur ich."

Fidefix steht in der offenen Küchentüre. Obwohl sie einander jetzt hören, behält der Kleine alle Regeln bei, wie zuvor gelernt und respektiert. Mag sein, Hunde denken wie Menschen, mag sogar sein in kompletten Sätzen, aber sie denken nicht in allem wie Menschen, sie bleiben vor allem Hunde. Laufen auch weiter auf vier Pfoten, der kleine Fidefix flink auf seinen sehr kurzen Beinen, -- aber mit freiem Blick zum Himmel durchaus.

Knut setzt sich in der Küche an seinen gemütlichen Tisch. Gewöhnlich sitzt er hier nur morgens hinter duftendem Kaffee, aber heute ist sowieso der Tagesablauf durcheinander. Auch den Haushalt muss er neu organisieren, blieb ja alles unberührt seit einigen Tagen.

„Also gut, ich höre dich und du mich. Wir dürfen das keinem erzählen, hörst du? Nicht mal den lieben Nachbarn da drüben. Irgendwann sagt jeder, dass ich nach dem Umfaller nicht mehr normal bin. Und dann muss ich ins Heim!"
„Bist doch daheim."
„Nein, das hier ist Zuhause. In ein Heim stecken sie alte Leute, die nicht mehr klar kommen mit ihrem Leben."
„Wir beide wohnen hier daheim."
„Viel verändert sich im Leben, Kleiner. Sehr viel. Und dass

ich oft barfuß laufe, ist denen sowieso nicht geheuer. Vielleicht hat es uns beiden auch nicht gut getan, dass wir immer allein waren. Jetzt werden wir etwas wunderlich. Jeder denkt, er hört den andren!"
„Sehr schön ist das."
„Na ja, ganz lustig."

Er schaut lächelnd zu Fidefix in der offenen Türe.

„Mein Hund denkt mit mir..."
„Zu dir hin."
„Denkst du auch mal von mir weg?"
„Wenn ich will, dass du nix hörst, ja, denk ich weg."
„Kann ich das auch?"
„Denkst du einfach, jetzt denk ich nur für mich."
„Soll ich mal probieren?"
„Ja, mach doch."
„Denkst du auch weg?"
„Nein, du."

Knut versucht das. Bemüht sich, nicht zu Fidefix zu schauen, tut so, als säße kein Hund dort in der Türe. Ich ganz allein hier in der Küche. Und wenn ich das schaffe, bin ich vielleicht wieder klar im Kopf. Der Hund bleibt, was er immer war. – Obwohl, eigentlich schade, könnte auf Dauer interessant sein mit ihm gemeinsam zu denken. Über alles Mögliche. Auch amüsant, sich mal heimlich über andere in ihrer Gegenwart was zuzudenken, weil sie uns ja nicht hören! Ist das so?

„Ja, das ist so."
„Hey, du hast nicht weggehört!"
„Ich seh dein Gesicht, kann ich alles erkennen."
„So, das auch noch! Muss ich jetzt mit einem Schleier rumlaufen vor dir?"
„Vielleicht musst du gar nichts wegdenken! Nur manchmal. Und dann merk ich es und hör einfach weg."

„Oh, wie höflich!"
„War ich schon immer. Du hast mich oft gelobt, wie toll ich alles einhalte, was du mir erklärst."
„Richtig, das hab ich mich oft gefragt, wie ein Hund alles versteht was wir so von ihm verlangen. Ich hab immer ganz normal mit dir geredet, komm mal hier rüber, mach mal das und hör jetzt auf was anderes zu machen – dann hast du immer jedes Wort verstanden. Manche reden mit euch eine total alberne Hundesprache, das wollte ich nie. Immer nur komplette Sätze zu dir gesagt. Du warst mein Partner und basta."
„Ja, so bleibt das auch."
„Vor allem für die anderen! Die sollen keine Ahnung haben, verstehst du?"

Allmählich beginnt es Knut zu amüsieren.

„Solange wir denen nichts sagen, halten die uns auch nicht für meschugge. Ich komme in kein Heim, und wir haben jeden Tag einen riesigen Spaß mit allen, weil sie ja keine Ahnung haben. Oder kennst du andere Menschen und Hunde, die sich auch denken hören? Hast du mal gefragt?"
„Wen gefragt?"
„Na, andere Hunde? Ist da einer, den Menschen hören?"
„Wir hören euch alle. Nur ihr hört nicht uns."
„Keiner deiner Freunde sagt, ihn hören seine Menschen?"
„Mir hat es keiner verraten. Vielleicht halten die es auch geheim."

Knut seufzt.

„Ja, Fidefix, keiner darf glauben ich spinne. Sobald einer nicht ist wie alle anderen, muss er sehr genau aufpassen, was er denen verrät. Es macht ihnen Angst, wenn ich mich anders verhalte. Dann bin ich nicht normal."
„Denken hören -- ist nicht normal?"
„Gute Frage. Kann ich mit dir auch philosophieren?"

„Ja, Knut, weiß ich, ein Philosoph bist du..."
„Wieso kennst du Philosophen?"
„Das nennen dich Freunde, wenn du mal welche triffst."
Knut amüsiert es wieder.
„Was du alles beobachtet hast. Stimmt, die nennen mich öfter so. Du alter Grübler, sagen sie, hör endlich auf, keiner kann die Welt verstehen, keiner."
„So groß ist die nicht. Winzig klein sind wir."
„Was weißt denn du davon? Warst du mal oben im Weltall?"
„Oben oder unten?"
„Das weißt du, der Himmel ist rings um uns rum?"
„Du wirst dich wundern, was dein Hund weiß. Und lange Zeit schon."
„Was für ne Zeit? Spinnst du? Paar Jahre lebt ein Hund, fünfzehn, achtzehn. Du bist jetzt sieben..., was kannst du denn groß wissen?"
„Viele tausend Jahre sind Hunde schon bei Menschen."
„Aber doch nicht du."
„Ich nicht?"
„Dich interessiert nicht mal, was morgen ist. Hunde leben glücklich nur für jeden neuen Tag."
„Weißt du?"
„Du kannst dir tausend Jahre nicht mal vorstellen!"
„Ich bin hunderttausend."
„Jetzt hör aber auf zu spinnen, wir drehen beide völlig durch!"
„Du denkst auch hunderttausend!"
„Ja, aber nicht wir beide! Wir sind nicht hunderttausend Jahre alt."
„Vielleicht nicht du."

Knut schaltet kurz ab. Also er merkt es nicht mal, plötzlich denkt er nur zu sich selbst hin. Woher hat der Hund sein Wissen? Weiß er sogar mehr als ich? Der liest keine Bücher, kein Hund geht zur Uni. Hat er ein angeborenes Wissen? Wie aufregend! Was ist in seinem kleinen Hirn gespeichert? Wieso wissen alle wild lebenden Hunde, was sie tun müssen um zu überleben? Woran erkennen sie Gefahren? Sie wissen, dies ist Nahrung, das nicht. Wenn mal ein Menschenkind ausgesetzt wird in wilder Natur, kann es ebenso überleben? Sind Tiere uns womöglich überlegen?

Erstaunlich, Fidefix denkt in kompletten Sätzen! Die hat er mir abgehört. Auch Kinder sind ja so, sie hören uns sprechen, dann reden sie erst wirres Zeug und plötzlich komplette Sätze. Wie geht das? Und es geht genauso bei Hunden? Weiß Fidefix wirklich was das ist, eine Zeit von hunderttausend?
„Wer hat dir gesagt, der Himmel ist um die Erde herum, überall? Sehr lange haben Menschen gedacht, sie leben auf einem Teller, und die Sonne dreht sich um uns rum, mal oben, mal unten."
„Wir sind hier."
„Wo, hier?"
„Na, da!"
Fidefix dreht leicht den Kopf. Als wäre das Weltall kaum größer als Knuts Küche.
„Und wieso fallen wir nicht alle durcheinander, wenn sich die Erde dreht wie eine Kugel?"
„Ist einer rausgefallen?"
„Das genügt dir?"
„Knut, wollen wir erst mal spazieren, ja? So lange war ich nicht auf der Wiese. Für unsre alten Nachbarn ist die zu weit weg!"
„Oh, bei ihnen will ich mich ja noch bedanken! Gut, gehen wir erst mal an die Luft. Aber das wird noch ziemlich spannend mit dir, was?"
„Ist es immer mit dir."
„Warst du traurig, als ich weg war? Traurig können Hunde wirklich sein, das sieht man."
„Traurig nur, weil ich nicht weiß, ob du vielleicht gehst."
„Das hast du gespürt?"
„ -- Ja."
„Und du weißt auch, -- ...wohin ich gegangen wäre?"
„Erst mal jetzt zur Hundewiese?"

„ – Okay, erst mal zur Wiese."

**

Sobald sie aus dem Haus sind, beobachtet Knut seinen kleinen Hund, wie der sich nun verhält. Als wäre heute nichts Besonderes passiert! Rumschnüffeln, das Bein heben, völlig ahnungslos tun. Auch nicht zu Knut hin denken, denn er hört plötzlich nichts mehr von seinem kleinen Partner. Der schaut nur ab und an kurz zurück, ob Knut ihm folgt. Den Weg kennen sie beide, schon tausendmal sind sie gemeinsam zur Hundewiese gegangen.

**

3.
Dort hat Knut die Wahl, ob er sich auf eine Bank setzt seitlich zur langgestreckten Wiese, also nahe dran und sozusagen mitten am Gerenne, oder lieber an eines der schmalen Enden, mit weitem Blick über die leicht ansteigende Wiese, die größer ist als ein Fußballplatz. Für viele Hunde gar keine Entfernung, sie rennen rauf und runter und viel schneller, als ein Fußballer rennen könnte. Fidefix rennt mittlerweile kürzere Strecken, vielleicht aus Faulheit, vielleicht aber auch, weil ihm zu schnell die Puste ausgeht.
Knut hat allerdings den Eindruck, der Kleine könnte rennen, wenn er nur wollte, manchmal stürmt er plötzlich los mit anderen..., aber niemals einem Ball hinterher, oder weil irgendwer ihn ruft, das hat ihm noch nie Spaß gemacht. Es ist ihm vielleicht einfach nur zu blöd, denkt Knut jetzt auf einmal. War der Kleine immer schon ein Denker, den es nie interessiert hat einem Ball hinterher zu rennen? Der doch ein Hase sein könnte, oder eine Katze! Oh, Hasen hat er früher mit Vergnügen gejagt, er raste plötzlich los und hatte doch

niemals eine Chance auch nur den kleinsten Hasen zu fangen. Viel zu kurze Beine als Jäger! Und Katzen? Na ja, weil sie so in Panik weggerannt sind vor ihm war das anfangs ein Anreiz. Bis mal eine Katze abrupt stehen blieb, sich umdrehte und mit ihrer Tatze ihm eins ins Gesicht gehauen hat. Zum Glück war er nicht verletzt, aber es hat ihn derart erschreckt, dass er sich seither für fliehende Katzen nie wieder interessierte. Das hatte er nun verstanden. Diese listigen Raubtiere taten nur so als ob sie Angst vor ihm hätten...!

Heute will Knut keinesfalls nahe dran an den rumtobenden Hunden sitzen. Und auch nicht an ihren gesprächigen Menschen. Er hat sich eine Bank abseits gewählt, gegen Abend jetzt schon etwas schattig, da stört ihn keiner. Und Fidefix weiß immer, wo Knut sitzt, das hat er fest im Blick. Da kann er mit anderen Hunden noch so beschäftigt sein, sobald Knut aufsteht und sich anschickt nach Hause zu gehen, verabschiedet sich der Kleine sofort von seinen Freunden. Und heute sind etliche wieder hier. Am frühen Abend kommen die meisten Menschen mit ihnen hierher. Alle rechtzeitig vorm Fernsehprogramm. Ab dann müssen sich die Hunde allein beschäftigen. Allenfalls spät abends noch mal die Türe auf und paar Schritte mit ihnen raus. Das nennen sie ‚Gassi gehen', obwohl es hier nirgends Gassen gibt! Ach, die Menschen und ihre Gewohnheiten!
Sie achten auch peinlich darauf, dass jeder eine kleine Tüte bei sich trägt, in die man alles reingrabscht, was der Hund gern ungeniert irgendwohin kackt. Nur Fidefix ging von sich aus ins Gebüsch, von klein an. Seltsam, wie sich auch Hunde unterschiedlich verhalten. Dennoch hatte auch Knut diese kleinen Tüten immer bei sich. Konnte ja schon mal vorkommen, dass kein Busch in der Nähe war, etwa irgendwo in der Stadt, wenn sie unvermeidlich dorthin mussten. Wohin sollte der Kleine dann mit seiner Notdurft?
Manche Passanten schauen weg, wenn sich der alte Herr über seine Hand die kleine Tüte stülpt, sich zum Häufchen bückt und es greift, als wär die Tüte ein Handschuh, den er dann

samt Inhalt umstülpt, danach das Tütchen geschickt verknotet in den nächsten Papierkorb wirft und sehr vergnügt den naserümpfenden Passanten zulächelt. Wie pikiert die gucken würden, wenn ausgerechnet sie mal in ein nicht eingesammeltes Häufchen reintreten! Und das erst merken in ihrem sauberen Auto, sobald es nämlich plötzlich kräftig duftet!
Manchen Menschen kann man es einfach nicht recht machen! Das Aufsammeln mit Tüten finden sie eklig, Reintreten in Hundekacke erst recht. Denen wär es am liebsten wenn auch für Hunde kleine öffentliche Klos gebaut würden. Oder noch besser, wenn es gar keine Hunde gäbe!
Und wenn die nun ahnen würden, wer Hunde wirklich sind! Nicht mal Knut hat das bis vor kurzem geahnt. Genau besehen, war er allerdings nicht allzu überrascht, plötzlich Fidefix zu ‚hören', denn der hatte ihm ja immer schon intensiv in die Augen gesehen. Oft schon dachte Knut darüber nach was in diesem kleinen Kopf wohl ablaufen mochte. Aber niemals hätte er komplette Gedanken da drin vermutet und schon gar nicht ein eigenes Wissen über Zeiten von hunderttausend Jahren. Wobei Knut sich fragt, was sich der Kleine unter einem ‚Jahr' vorstellt. Kennt er überhaupt Stunden? Achtet er auf Tage? Spürt er Vergänglichkeit? Hat er tatsächlich ein Wissen weit darüber hinaus? Auf einer uns unbekannten Ebene?

Knut beobachtet die Wiese und hängt ungestört seinen Gedanken nach. Er beobachtet zugleich, wie sich gerade mal wieder jemand dort bückt, seinem kackenden Hund hinterher. Knut betrachtet es zufrieden, denn tatsächlich bleibt diese Wiese erstaunlich sauber, trotz all der vielen Hunde tagtäglich. Jetzt kommt der Sammler schnurstracks zu Knuts Bank. Aber es bleibt bei einem kurzen Gruß und dem Wurf der Tüte in die Tonne gleich nebenan. Oh ja, ordentlich sind sie, die Menschen. Manche.

Knut kann weiterhin von hier aus den Hunden zuschauen

und über ihre Intelligenz der besonderen Art grübeln. Er sieht allerdings jetzt, dass Fidefix offenbar genug hat von der wilden Gesellschaft. Er kommt erschöpft zu Knut und legt sich vor ihm ins Gras mit hechelnd lang heraushängender Zunge. Diesmal ist es Knut, der als Erster zu Fidefix hin denkt.
„Genug gerannt?"
„War ja lange nicht hier!"
„Wie lange?"
„Wie du weg warst."
„Paar Tage, oder Jahre?"
„Lang genug!"

Knut insistiert nicht weiter.

„Hatten deine Freunde dich inzwischen hier vermisst?"
„Nur ein paar."
„Auch ein paar Damen?"
„Darüber denkst du dauernd nach, was?"
„Ja, über eine Hundedame für dich alleine!"
„Immer willst du, so eine soll zu uns."
„Das willst du nicht?"
„Die liegt auf meinem Kissen rum!"
„Fidefix, du hast vier Kissen!"
„Die liegt genau da, wo ich liegen will."
„Dann leg dich dazu."
„Und was ist mit meiner Schüssel? Die ist dann auch leer. Womöglich schnarcht sie sowieso!"
„Wie du, mein lieber Kleiner! Das ist nämlich einer der Gründe weshalb ich dich nicht bei mir im Schlafzimmer haben will."
„Da will ich gar nicht rein. Da schnarchst nämlich d u !"
„Was mach ich?"
„Ja, ja, nur Fidefix ist der Schnarcher...! Und dazu noch eine Hundedame, die lauter schnarcht als du!"
„Sehr selten schnarchen Damen!"
„Weißt du das?"

„Tja, stimmt, weiß man vorher nicht."
„Knut? -- Warum schläft keine Menschendame in deinem Zimmer?"
„Fidefix, deine Dame kann ihr eignes Hundekissen in einem anderen Zimmer haben, wo du sie nicht schnarchen hörst. Also, weißt du was, vielleicht fahren wir doch mal in ein Tierheim und befreien dort eine sehr schöne Dame für dich."
„Fahr lieber du in das Heim, wo du nicht wohnen willst, befreist du dir dort eine Dame für dich selbst."
„Nee, die wollen ja gar keine Männer mehr, die sind jenseits!"
„Weißt du das vorher?"
„Nein, Fidefix, -- nicht wirklich."

Jetzt schweigen sie beide und versinken in ihre intimen Gedanken. Ob sich Knut eines Tages dem Kleinen anvertrauen wird? Ihm von der großen Liebe seines Lebens erzählt, die ihm der Tod brutal geklaut hat? Kurz bevor dann Fidefix in sein Leben kam. Etliche Jahre ein Kampf gegen Krebs, ohne jede Chance. Und wäre dann Knut in diesem spanischen Tierheim nicht zufällig der so winzig kleine Fidefix in die Arme gelaufen, wer weiß, -- einsam und täglich traurig würde das Leben in diesem nun viel zu großen Haus sein! Weil es Platz genug bietet. Zumindest für Fidefix! Als Hund lebt er aber bei Knut absolut hundeinsam!
Das bleibt vermutlich ein Thema zwischen ihnen, unvermeidlich. Auch wenn Knut für sich selbst überzeugt ist, heute von Sehnsucht nach neuer Liebe befreit zu leben. Hingegen hat er Fidefix öfter beobachtet, wie er auf der Wiese mit hübschen Damen flirtet. Nur fragen konnte Knut ihn dazu bisher nicht. Ob dem Kleinen diese kurzen Kontakte dort womöglich genügen? Würde er nicht viel lieber zu Hause eine Gespielin haben wollen?

Na, es bleiben ihnen beiden noch eine Menge heißer Themen!

„Hast du die anderen gefragt?"

„Was gefragt?"
„Ob sie auch mit Menschen gemeinsam denken, wie wir jetzt auf einmal."
„Nur kurz gefragt, keiner sagt ja."
„Hörst du denn, was auch andere Menschen denken? Nicht nur ich? "
„Ich hör gern hin zu dir. Mit dir versteh ich jedes Wort. Wenn mal Besuch im Haus ist, reden die alle durcheinander. Und sie denken sowieso alle durcheinander. Ich kenn die ja nicht so gut wie dich. Sehr schlimm ist das, wenn wir in deinem Haus am Wasser sind! Versteh ich gar nichts. Erst schlaf ich ganz viel im Auto – und wenn wir da sind, dann sagst du ganz andere Wörter, die denkst du auch auf einmal. Ich versteh nix!"
„Soll das heißen, du kannst kein Französisch? Mein Ferienhaus steht am Atlantik in Frankreich!"
„Kann ich fühlen, was sie sagen. Leichter ist das hier bei uns. Die alten Nachbarn, da hör ich jetzt alles was sie denken. Ich muss Menschen gut kennen. Am schönsten ganz klein schon."
„Tja, keine Telepathie ohne Sympathie!"
„Simtatie, was'n das soll das sein?"
„Ach, wieder so'n fremdes Wort. Fremdwörter verwechselst du wohl gern?"
„Kenn nur Tele-phon."
„Tele-pathie ist fast genau so. Manchmal nehm ich das Telefon und will jemanden anrufen, genau in der Sekunde ruft er mich an. Ganz genau dann."
„Prima, brauchst du kein Telefon."
„Mit dir bestimmt nicht!"
„Sind wir uns patitisch?"
„Ja, sind wir."
„Ich hab gar kein Telefon."
„Und du hörst auch nicht hin, was andere Menschen so reden?"
„Mir egal."
„Und was manche denken?"

„Nee."
„Schade. Dann könntest du mir erzählen, wie ehrlich sie zu mir sind. Du weißt vielleicht nicht, wie sich das bei Menschen oft unterscheidet, was sie laut sagen und was sie leise denken."
„Vielleicht sehr leise, das kann ich dann nicht so gut hören."
„Aha, aber es wäre möglich."

Und wieder denkt Knut nun eine Weile alleine. Warum hat er wohl so lange gebraucht, bis ihm Fidefix auf diese Weise vertraut wurde? Haben es doch erst die Medikamente der Ärzte ausgelöst? Oder ist etwas im Kopf nicht wirklich geheilt? ‚Das kann sich wiederholen, im schlimmsten Fall tödlich!' So blöd hat es der Arzt gesagt. Soll Knut jetzt sein Leben ändern? Hat es sich nicht schon verändert?

„Kannst du auch mit anderen Tieren denken, nicht nur mit Hunden?"
„Wir haben keine andren Tiere im Haus."
„Könntet ihr?"
„Jeden Hund versteh ich, wenn ich will."
„Auch in Frankreich?"
„Sind alle wie ich."
„Sind sie nicht französisch?"
„Mit Hunden denk ich anders."
„Nicht in Wörtern?"
„Ganz klein schon versteh ich jeden Hund."
„Erzählst du mir heute am Abend, wie das war, als du so klein noch gar nicht bei mir gewohnt hast? Als sie dich gefunden haben, da warst du ja schon paar Monate alt, fast verhungert, ein Mädchen hat dich gefunden. Weißt du noch wie du davor gelebt hast?"
„Ja, nicht schön. Denk ich nicht gern dran."
„Erzähl es mir irgendwann mal, wenn du Lust dazu hast. Über mich weißt du ja auch noch nicht alles. Ich hatte schon ein langes Leben, ehe du zu mir gekommen bist."

„Auch nicht schön?"
„Doch, meistens. Nur kurz vorher war es auf einmal sehr traurig."

Und wieder schweigen beider Gedanken. Fidefix fühlt sehr genau, wann Knut allein denken will. Der merkt es noch nicht so recht wann der Kleine sich von ihm weg denkt. Zu sehr ist Knut dann mit sich beschäftigt. Zum Beispiel jetzt mit seinen sehr intensiven Erinnerungen. Und wieder wird ihm klar, wie viel sie wohl einander noch zu erzählen haben werden.

Eine ältere Dame mit Hund und offenbar drei Enkelkindern kam quer über die Wiese und baut sich vor ihm auf.
"Haben Sie gar kein Schamgefühl?"
"Wie bitte?"
"Wieso sitzen Sie hier vor aller Augen barfuß? Was sollen die Kinder denken! Die verlieren doch jeden Respekt vor uns Alten... ziehen Sie bitte Ihre Schuhe an!"
"Ach, die Schuhe... die hab ich zuhause vergessen..."
"Machen Sie sich lustig über mich? Wie weit wird es mit diesem Land noch kommen, wenn auch wir Alten jeden Anstand verlieren?!"
"Verzeihung... Anstand?"
"Ja, das ist unanständig und würdelos. Sie sind ein schamloser Verderber der Jugend!"

Fidefix beobachtet es perplex. Soll er die Alte anknurren? Knut wendet sich an die Kinder.

"Lauft ihr niemals barfuß?"
"Lassen Se die Kinder in Ruhe! Man sollte die Polizei rufen. Kommt Kinder!"
Und ehe sie wütend davon stapft – spuckt sie aus vor Knut.

Das lässt ihn nicht unbeeindruckt. Stumm schaut er ihnen nach, eines der Kinder wendet sich im Gehen zu ihm um –

gleichzeitg auch der Hund der Alten, lächelnd winkt er beiden zu mit leicht erhobener Hand. Sitzt dann schweigend. Bis er Fidefix bemerkt, der unverwandt ihn beobachtet.

„Gehen wir jetzt nach Hause, Kleiner?"
„Ja, rennen auf der Wiese macht Hunger."
„Geb dir gleich was! Mal sehen, was ich für mich noch im Kühlschrank finde. Uhhh, das Essen im Krankenhaus war furchtbar, -- ich bin so froh, da raus zu sein!"
"Du bist aber nicht froh über diese Frau. Warum schimpft sie mit dir?"
"Alle tragen Schuhe – ich nicht."
"Ich hab doch auch keine Schuhe."
"Ja, ihr habt keine. Tatsächlich, ist mir noch nie aufgefallen. Erst einmal machen wir es uns jetzt zuhause gemütlich!"

Und so gehen sie nun den gewohnten Weg zurück. Beide in eigene Gedanken vertieft. Knut hat bisher niemals erlebt, wegen seiner barfüßigen Freude derart angefaucht zu werden. Und Fidefix möchte unbedingt verstehen, worüber diese Frau sich so erregt hat. Aber für den Moment vermeidet er zu Knut hinzudenken.

**

4.
Im Wohnzimmer befeuert Knut seinen alten offenen Kamin, der einen prächtigen Zug hat, was Unmengen Holz verbraucht. Jeder rät ihm zu einer Kassette im Kamin, weil darin das Holz hinter Glas viel langsamer und sparsamer verbrennt. Das erscheint ihm natürlich vollkommen absurd! Kein Knistern mehr, alles hinter Glas, kein Duft nach Holz und Feuer, wozu dann den Kamin anzünden?

Beide sitzen und liegen sie gerne davor und schauen in die Flammen. Sogar bei leiser Musik, sofern die das Knistern im Kamin nicht übertönt.

„Wenn ich in der Stadt wäre und du hier allein im Haus, oder vielleicht ich noch weiter weg verreist, -- würdest du mich dann auch denken hören?"
„Vielleicht bisschen leise?"
„Was weißt du von Entfernungen? Im Auto nach Frankreich verschläfst Du fast alle Kilometer."
„Kann ein Hund so schnell gucken, wie du fährst? Träum ich lieber was. Warum denkst du, ich weiß es nicht?"
„Ah ja klar, du Genie! Du hast ja auch aufgeschnappt, dass die Erde frei in der Welt rumschwebt. Wann hast du davon gehört?"
„Hört jedes Kind. Ein Hund weiß es sowieso. Ich weiß aber nicht, warum die Frau so böse mit dir war. Waren auch die Kinder auf dich böse?"
"Ich weiß es nicht. Jedenfalls hatten sie alle Schuhe an."
"Was ist schlimm, wenn du keine hast?"
"Du hast nicht mal Hemd und Hose, nur dein Fell! Die Menschen wurden gezwungen sich Klamotten anzuziehen. Auch Schuhe. Und nicht nur wegen der Kälte."
"Wer hat gesagt, ihr müsst?"
"Das ist eine sehr alte Geschichte. Wir könnten alle in einem wunderschönen Garten leben, da war es immer so kuschelig warm wie hier vorm Kamin. Wir brauchten dort alle keine Schuhe! Aber einer hat uns aus dem Garten vertrieben."
"Wer einer?"
"Wie soll ich dir den beschreiben… ein Gottmann."
"Der schmeisst euch raus?"
"Ja --- aber vielleicht irgendwann… lässt er uns wieder rein."
Fidefix zögert, ob er weiter fragen soll.
"-- Wolltest du zu ihm?"
"Vielleicht."
"Hat er dich jetzt nicht reingelassen – ohne Schuhe?"
Knut schmunzelt. Idefix ist erleichtert.
"Bin ich so froh, bist du zu mir zurück. – Und schimpft die Frau, weil sie auch gern da rein will in den Garten -- aber du machst den Gottmann böse?"

"Ich weiß nicht, was die Menschen alles denken. Ich weiß nur, ohne Schuhe fühl ich mich frei und froh."
"Ich auch."

Beide schauen still ins flackernde Feuer. Knut legt ein Scheit nach.

"Knut...? Ist es schöner da im Garten als hier barfuß und froh?"
"Mir egal, Kleiner, ich wollte nicht weg! Aber du weisst doch, wir bleiben nicht immer hier. Irgendwann sind wir weg."
"Nein... vielleicht gar nicht weg. Das Holz da im Feuer ist auch nicht weg."
"Doch mein Kleiner, es wird Asche."
"Aber noch da. Das Holz in der Asche."
"Kommt ein Wind, bläst die Asche weg."
„Gar nicht weg. Überall hin bleibt es."
„Aha! Und, Fidefix Philosoph... -- wo bleibt das Feuer?"
„Wartet auf nächstes Holz."

„Wo war ich denn nur, als ich weggehen wollte?"
„Bisschen weit weg warst du."
„Was weiß ein Hund dazu?"

Fidefix liegt und denkt nichts – oder er denkt dort, wo Knut ihm nicht folgen kann. Jedenfalls schlafen sie nicht. Das Kaminfeuer spiegelt sich in ihren offenen Augen.

„Woher kommt ein ganz kleiner Hund?"
„Viele Jahre kommt er."
„So alt ist ein Hund schon ganz klein?"
„Du auch. Und du hast mich gleich gekannt."
„Ja, mein kleiner Fidefix! So hab ich dich spontan genannt. Wir haben uns beide gleich gekannt. Du warst sofort total zutraulich. In der ersten Nacht bei mir zuhause hab ich meinen Koffer vor die offene Schlafzimmertüre gestellt, du solltest da nicht rein. Du bist die halbe Nacht dagegen

gesprungen, du wolltest nicht von mir getrennt sein."
„Bis ich einmal krank war in der Nacht!"
„Ja, paar Tage später. Hast du gewimmert, und ich bin über den Koffer gestiegen zu dir. Du hattest einen dicken Bauch."
„Hast du dich aufs Sofa gelegt und mich auf deinen Bauch. Sehr schön."
„Machst du ja noch heute gern, wenn ich mich am Tag mal ausruhe. Dann springst du sofort aufs Sofa und legst dich auf meinen Bauch. Also, jetzt nur noch halb auf meinen Bauch, du bist du mir zu schwer beim Atmen."
„Spür ich gerne, schon ganz klein, wie du atmest im Bauch, rauf und runter. Wird es ganz ruhig bei mir drin."
„Schön warm bist du für mich, wenn wir so liegen."
„Hunderttausend Jahre vielleicht?"
„So lange schon liegt ein Hund beim Menschen?"
„So lange haben wir es warm."

Beide erinnern sich.

„Einmal habe ich gelesen, ein Schiff war im Winter gesunken. Es schwammen ein paar flache Rettungsinseln, die waren vom Schiff runter ins Wasser gefallen und hatten sich dort automatisch aufgepumpt. Manche Menschen sind im eisigen Wasser hingeschwommen und haben eine ganze Nacht lang nass auf den schwimmenden Inseln gesessen. Einige Menschen dicht aneinander, so haben sie es überlebt, bis sie am Tag gerettet wurden. Andere haben sich nicht getraut und blieben alleine dort hocken. Stell dir vor, sie sind in der Nacht auf der Rettungsinsel erfroren. Weil sie alleine waren."
„Ist es kalt, kommt der Hund ganz nah zu Menschen. Immer schon."
„Glaubst du?"
„Ja, Hunde sehen das Feuer."
„Und haben sich deshalb zu Menschen getraut?"
„Hab ich Angst vor dir?"
„Nein, gar nicht. - Hättest du aber haben können!"
„Ja."

„Wo du vorher warst, ganz klein, da haben dir die Menschen weh getan..."

Wieder erinnern sie sich. Und Knut fragt nicht weiter. Bis Fidefix dann doch darauf eingeht.
„Knut, erzählst du mir, was du davon weißt, wie ich klein war?"
„Ich weiß nur, dass man dich gefunden hatte an einen Busch gebunden. Du warst noch winzig jung und fast verhungert."
„Auch Durst! So viel Durst in der Sonne."
„Wie kam das? Wer bindet einen kleinen Hund an einen Busch?"
„Sie sind mit mir da hin."
„Wer?"
„Im Haus waren so viele Hunde. Sagt der Vater, bringt ihn weg."
„Haben sie dich vielleicht dort nur angebunden, weil nicht weit von diesem Busch eine Frau wohnt, die sammelt Hunde ein?"
„Hat mich aber nicht gefunden. Ein Mädchen ist noch mal zu mir gekommen und hat mich zu der Frau getragen. Konnte ich schon nicht mehr laufen."
„Worauf hast du gewartet, da am Busch. Auf das Mädchen?"
„Oder was?"
„Na ja, du konntest nicht weg. – Oder... vielleicht weit weg zurück aus deinem Leben?"
„Ich war grade erst gekommen, ganz klein noch."
„Und... woher kommt ein Baby-Hund? Woher... bist du gekommen?"
„— Da, wo ich bin."
Wieder zögert Knut. Soll er intensiver fragen?

„Du warst klein und ganz jung. Jetzt sind wir beide schon viel älter."
„Ja, fast wie Asche."
„Mit Holz drin."
„Immer."

Nach einigem Schweigen im Knistern und Knacken der brennenden Holzscheite unterbricht es Knut.
„Wir lassen das jetzt mal. Wirst du mir ein andermal mehr erzählen?"
„Ja, kann ich."
„Kannst du wirklich?"

Nun schauen sie beide ins Feuer. Und haben es hier sehr gemütlich.

**

Und dann ist Knut in seinem Sessel eingeschlafen. Viel zu oft schläft er in seinem Sessel ein. Fast immer ärgert er sich darüber, sobald er fröstelnd aufwacht. Dann ist das Feuer im Kamin nur noch glimmende Glut. Längst tiefe Nacht draußen. Im Bett wär's jetzt so viel bequemer!
Fast immer liegt aber auch Fidefix noch nahe bei ihm. Nur manchmal wird es ihm zu kalt, dann rollt er sich ein, auf einem seiner Kissen. Die liegen hier verteilt in den Zimmern, damit er überall schlafen kann, wo immer sich Knut gerade aufhält. Beide wollen sich im Auge behalten. Und Knut hat beobachtet, sogar beim Autofahren redet er nach hinten zur Rückbank, auch wenn sein Fidefix ausnahmsweise mal gar nicht mitgefahren ist. Wenn Knut bemerkt die Rückbank ist ja leer, dann schmunzelt er kopfschüttelnd über sich selbst. Und wundert sich zugleich, wie gegenwärtig ihm der Kleine bleibt, egal wo. Das wird wohl ziemlich schmerzlich, wenn er ihm mal verloren geht, nach seinem kurzen Hundeleben!
Jetzt tief in der Nacht grummelt Knut nur ärgerlich über den Schlaf mal wieder dort im Sessel. Er zwingt ächzend die müden Knochen zu einem kleinen Umweg über die Küche -- für ein Glas frisches Wasser. Möglichst halte ich meine Augen geschlossen, möglichst jetzt nicht hellwach werden! Sonst wird die Nacht zu kurz, weil ich im wohligen Bett nicht mehr einschlafen kann. Dann drehe ich und drehe mich, bis ich entnervt das Licht endlich wieder anschalte! Im Dunkeln wirbelt mir zu viel Grübelei halbwach durch den Kopf. Dann

muss ich mich energisch im Bett aufsetzen und dem eigenen Kopf verbieten, dass da drin die Grübeleien über Tisch und Bänke toben! Dieser Tanz der wilden Kobolde in meinem Hirn...
Besonders gern martern sie ihn mit allerlei Sorgen um die Zukunft. Alles ist auf Geld gebaut, dieses Teufels-Papier! Verbrennt leichter noch als jedes Holz im Kamin!

Natürlich hat einer wie Knut keine Reichtümer in seinem Leben zusammengerafft, nur bisschen was auf der hohen Kante und jeden Ersten die Pension. Damit kommt er über den Monat. Solange er auf eigenen Beinen noch für sie beide sorgen kann.
Sei alt, aber bleib mobil, dann bist du ein freier Mensch. Wenn ich mal hilflos in einem Heim liegen müsste, würde mein Papiergeld rasch davonflattern! Sie würden mich zwingen mein Haus zu verkaufen. Oho, das haben sie mir schon mal vorgerechnet! „Wozu brauchen Sie dann noch ein Haus?" -- Und Fidefix? Ach, was wissen die denn?
Das Haus hat er mit Fleiß sich selbst erspart. Nicht ganz allein. Sie waren zu Zweit damals. Beide hatten sie etwas Geld, und sie hatten beide für das Haus gearbeitet. Es sollte ihr gemeinsames Zuhause sein bis zu den letzten Tagen. Und warum kam es dann anders? Wenn sein Hirn anfängt darüber zu grübeln, ist der Schlaf vollends vorbei. Sinnlos endlose Fragen. Besser, ich schalte dann sofort das Licht an und setz mich wach im Bett aufrecht.
Und meist ist das der Moment, in dem dann Fidefix auftaucht im schmalen Licht das durch die offene Schlafzimmertüre auch nach nebenan fällt. Er steht dort kurz und schaut prüfend zu Knut. Legt sich dann draußen hin, darf ja nicht ins Schlafzimmer, hat aber auch dort nebenan eines seiner Kissen, es liegt weit genug entfernt vom Lichtstrahl der Nachttischlampe, aber natürlich mit unverstelltem Blick durch die offene Türe zum Bett. Das genügt. Auch wenn dann Knut bei Licht einschläft, bleibt Fidefix auf diesem Kissen und hat ihn samt seiner Sorgen fest im Auge.

**

Das geht nun so in vielen Nächten, seit sie beide in diesem Haus wohnen. Quasi das ganze Leben des kleinen Fidefix. Nur er mit Knut hier allein.
Anders kennt es der Kleine nicht. Hat aber nach und nach auch andere Spuren hier im Haus geschnüffelt. Und zugehört, wie Knut von der Zeit v o r Fidefix manchmal zu Freunden gesprochen hat. Aber allzu genau wollte er das gar nicht wissen, hat schnell weggehört. Weil die Zeit ja sowieso weg ist. Was früher war, darüber will er sich hier bei Knut keine Gedanken machen. Er wird mich nie an einen Busch binden. Knut niemals.
Aber ich will ihn lieber im Auge behalten, wenn er sich mal nachts aufrecht ins Bett setzt, bei Licht und in einem Buch dann liest, oder sich viele Notizen macht, für sein eigenes Buch, das er irgendwann vielleicht ja doch noch erzählen will. Immer wieder sagt er das. Auch als er gar nicht wusste, was Fidefix alles weiß und versteht. Zu Freunden spricht er oft davon. Ein Buch soll alles berichten was Knut erlebt hat. So viele Blätter hat er dafür schon in einer Kiste gesammelt. Und immer wenn ihm in der Nacht für sein Buch was einfällt, beschäftigt er sich mit irgendwelchem Papier das auf seinem breiten Bett wirr rumliegt. Ein ganzer Berg von bekritzeltem Papier. Und viele alte Zeitungen. Es schläft ja keiner neben ihm, da ist Platz genug.
Sogar wenn Knut mal die Wäsche für das Bett wechselt, dann legt er auf die frische Wäsche den ganzen Berg von Papier wieder drauf. Wie eine Wand vor der andern Seite vom Bett.

**

Ja, so empfindet es wohl auch Knut, als einen Wall auf der halben Bettseite gegen das Nichts, in das ein alter Mann aus Versehen im Schlaf reinrollen könnte und nie zurückkehren. Und natürlich jetzt besonders! Wann immer Knut wach liegt, erinnert er sich an diesen Sturz auf der Straße. Ohne jede Warnung. Mitten in einem Gedanken wankten plötzlich seine Beine! Wie schnell man stürzt.
Schon wenn ich mal nur stolpere, wie neulich im Garten, als ich unachtsam plötzlich dort hingefallen bin! Rums lag ich auf meiner Nase im weichen Gras. Das war nicht gefährlich, aber es war erschreckend blitzschnell. Und an diesem Tag auf der Straße bin ich nicht mal gestolpert, das weiß ich ganz gewiss. Plötzlich waren meine Beine wie Gummi – und dann pechschwarz vor Augen!

Nur ein Blitz noch, der Kleine da zu mir gebeugt, mein Kopf auf der Seite, ich hatte mich nicht mal verletzt, wie sie mir dann gesagt haben. Ich vergesse niemals diese offenen Augen von Fidefix.
Die Sanitäter hatten zunächst gedacht, na ja, mal wieder so ein alter Säufer..., aber nix! Nur ab und zu mal trink ich ein Gläschen Rotwein. Oder einen Rum im Tee, wenn es kalt ist im Winter. Gerne mal einen winzigen Porto zu interessanter Lektüre. Und selten zum Kaffee auch mal einen Cognac, dazu eine anregende Lektüre... Aber an diesem Tag hatte ich nichts getrunken, ganz grundlos wurd's mir schwarz vor Augen!

**

5.
Wieder sitzt Knut nun doch hellwach im Bett. Und amüsiert erinnert er sich daran, dass es ihm sehr jung schon einmal so plötzlich *schwarz vor Augen* geworden war.
Ein unerfahrener Knabe war ich noch. Aber ich hatte andere Jungs dazu angestiftet, mit mir barfuß im Wald rumzurennen!

Besonders mit einem dieser Freunde gefiel mir das, immer öfter sind wir zum Spaß im Wald so rumgelaufen. Was mich anfangs sehr verwundert hat, wieso mir dies Gerenne barfuß Spaß machte, denn viel lieber saß ich sonst mit einem Buch allein in meinem Zimmer, statt mit andren Jungs draußen sinnlos rumzutoben. Ihre blöden Spiele, die nur viel Luft und Kraft verbrauchten! Hinter einem Fußball her zu rennen, so ein Blödsinn. Ich hatte dafür sowieso gar keine Kondition. Ich wollte nicht mal auf Bäume klettern, da wurde mir sofort schwindlig! Alles nix für den zarten Knaben Knut. Bis mir dann die verrückte Idee kam, ich würde gerne rumlaufen wie die Wilden im Urwald -- barfuß! Und nicht allein, am liebsten mit anderen gemeinsam.
Und wieso ohne Schuhe? Das kannte ich gar nicht. Zu Hause war niemand barfuß. Weder die Eltern noch meine Geschwister. Sehr arme Leute liefen barfuß! Wieso plötzlich ich? Und eine derart verlockende Idee! Nicht allzu weit weg vom Haus der Eltern gab es einen lichten Wald, darin viele Wildpfade. Auch einen plätschernden Bach gab es dort. Alles sehr romantisch. Was mich nie gelockt hatte, wegen der Mücken im Sommer und allem möglichen Getier am Boden zu jeder Jahreszeit. Nie bin ich in den Wald gegangen!
Aber jetzt wollte ich das keinesfalls aufschieben! Es war Sommer! Ideal, um mit andern Jungs im Wald zu rennen! Es musste sein, noch vor dem Winter und hier ganz in der Nähe! Ein paarmal hatte ich es schon alleine ausprobiert, anfangs bewusst barfuß in meinem Zimmer. Dort war das bald zu eng, gar nicht wild und frei. Hab mich nur von Anfang an gewundert, wie wohl ich mich mit freien Füßen auf dem Balkon an sonniger Luft fühlte, auch im Schatten unter unseren Bäumen versteckt im Park, ganz nahe am Haus. Ich fand es aufregend, wie ein scheues Reh aufmerksam sein zu müssen, dass mich hier keiner so sieht. Sie hätten mir unangenehme Fragen gestellt. "Was soll das? Wo sind deine Schuhe?" Sogar allein in den Wald hatte ich mich dann getraut. Wenn es dort irgendwo im Geäst knackste, lief ich wie das junge Wild und in leichten Sprüngen über den

weichen Waldboden, spürte barfuß gar kein Hindernis, stürzte nicht, rannte frei und fast ohne eigenes Gewicht. So hätte mich mal der Sportlehrer erleben sollen! Oder meine Mitschüler, die sich sehr früh schon über meine lahmen Spurts gnadenlos amüsiert hatten. Bis ich mir schließlich vom Arzt ein Attest simulierte, denn fürs Schauspielen war ich begabter, als für den affigen Sport. Fortan saß ich lesend am Spielfeldrand und holte ihnen nicht mal ihren Ball wenn sie den grob verschossen hatten.
Irgendwann hatte ich deshalb den Namen Professor weg und hatte meine Ruhe vor dem Gegröle der Grobiane. Nur jetzt, ja, da wären mir ein, zwei der Jungs durchaus angenehme Laufgefährten. Einem Mädchen hätte ich es allerdings niemals angetragen – so mit ihr im Wald zu rennen! Das konnte ich nur Jungs als neues Abenteuer verkaufen. „Wie die Wilden in Afrika!"

Der alte Knut sitzt versonnen lächelnd. Sieht alles wieder vor sich, als wär es gestern erst gewesen. Es war ihm tatsächlich gelungen, einige Jungs dafür zu begeistern! Anfangs waren sie sogar zu Viert, einer kam aber bald nicht mehr, und der dritte wollte im Wald nur Hütten bauen, falls es mal regnet und sie dann alle doch nass würden! Außerdem könnten sie in die trockene Hütte ihre Schuhe und Strümpfe legen, statt sie nur im Gebüsch zu verbergen. Alle Wilden lebten in selbst gebauten Hütten! Nein! Ohne Schuhe rennen, bei Sonne und Regen! So verlangte es Knut. Schuhe ins Gebüsch, als ob es die gar nicht gäbe! Wenn es mal regnet, dann hocken sich echte Wilde unter Bäume, die warten das ab! Und sie frieren nicht.
Ja, tatsächlich, barfuß fror er nicht, auch später nicht im Herbst. Und nur ein Freund hielt das damals mit ihm durch. Der kam fast jeden Tag. Und beide rannten sie kilometerweit durch ihren freien Wald. Bis zu dem Moment, als ihm eines hellen Tages *schwarz vor Augen* wurde! Mitten im Rennen blieb Knut plötzlich stehen, ein unbeschreiblich süßer Sog strömte ihm durch den Körper, er stand einen Augenblick ohne

Orientierung, stürzte nicht, stand, taumelte ein wenig.

Nie hat er diesen schönen Augenblick vergessen. Mitten im Rennen und in freier Natur!

Tja, Knut sitzt mittlerweile schmunzelnd im Bett. Wie im Film so deutlich sieht er sich dort stehen -- und dann weiter rennen im schönsten Glücksgefühl. Ach ja…, hellwache Erinnerungen erwärmen den alten Mann gegen das kalt drohende Dunkel ringsum. Es blieb ihm dieser frühe wonnige Blackout nicht nur unvergessen, er staunt sogar jetzt, dass an dem Tag, als er kürzlich auf der Straße stürzte, in ihm dieses *Schwarz vor Augen* nicht ein ebensolches Glücksgefühl ausgelöst hatte. Es könnte der schwarze Tod eine Lust sein. Und eine Spur von Leben lassen...

Wäre es nicht schön, so befreit barfuß zu sterben? Wollte er deshalb auf gar keinen Fall in einer Klinik bleiben? Noch jetzt im Alter genoss er ja die Gewohnheit so oft we möglich barfuß zu laufen. -- Warum nicht auch frohgemut so sterben?

An manchen Tagen wusste er es schon morgens wenn er aus dem Bett stieg, heute ziehe ich keine Schuhe an! Er hatte in seinem Garten erdige Wege angelegt um dort barfuß zu laufen, auch wenn es weich und matschig war. Auf der Terrasse stand immer eine kleine Wanne bereit um sich die Füße zu waschen. Es war dies in Wahrheit einer der Gründe hier außerhalb zu wohnen, Einzelhaus am Stadtrand mit Garten. Jederzeit frei lustwandeln! Manchmal sogar im Schnee! Knut hätte jedem geschworen, obwohl er das als ein persönliches Geheimnis hütete: "Nur wegen der Lust so barfuß rumzulaufen bin ich derart fit und flink geblieben, bin sogar erstaunlich geschmeidig, ohne Sport! Noch immer frei wie das Wild im Wald."

Allerdings war das für Fidefix offenbar nichts Besonderes. Der hatte clever nur beobachtet -- sobald Knut sich mal in Schuhe zwängte, stieg augenblicklich die Wahrscheinlichkeit, dass sie beide mit dem Auto davondüsen. Manchmal auch nur bis zur Hundewiese, obwohl sie nahe genug am Haus war und man dorthin kein Auto brauchte. Meistens aber im Auto in die Stadt mit all ihren Sensationen.
Ob der Kleine jemals darüber nachdachte, warum Menschen manchmal Schuhe tragen, sogar viele verschiedene besitzen, leichte und schwere, je nach Jahreszeit und Witterung? Endlich würde Knut ihn das jetzt fragen können! Irgendwann im richtigen Moment. Und wieder ein Thema mehr, das sie beide zueinander bedenken könnten. Schon morgen vielleicht? Jetzt erst mal Licht aus und endlich in den Schlaf. Wonnig eingehüllt ins Federbett, schmunzelnd in alten und neuen Gedanken, furchtlos dieses alte und neue *„Schwarz vor Augen"* vergleichend…!

**

6.
Tatsächlich ergibt sich das Thema schon am nächsten Morgen hinterm duftenden Kaffeepott. Knut war aufgewacht noch in schönster Erinnerung an den Laubwald seiner frühen Jahre. Jetzt sitzt er am Tisch, Fidefix beobachtet ihn, vor der Schwelle zur Küche liegend und auf ein Privileg gefasst das ihm nur morgens vom Frühstückstisch aus gewährt wird. Niemals sonst beim Essen wirft Knut dem Hund Almosen zu. Stets bleibt es klar getrennt: du hast deine Schüssel, ich habe meinen Teller. Nur morgens – oder wann immer Knut sich zu seinem ersten Kaffeepott des Tages setzt-- kommt überraschend etwas zu Fidefix geflogen. Es liegt längst bereit auf dem Tisch und gehört fast zum Duft des Kaffees dazu.

Knut nennt es nicht Leckerli oder sonst ein albernes Wort. Es ist aber eigens für Hunde und in einer knisternden Tüte gekauft. Und dies Knistern ist bereits Alarm. Schon verlässt Fidefix sein Kissen und legt sich vor die Küchentüre. Dorthin kommt es dann geflogen. Fast wie im Schlaraffenland.

Ja, schlaraffen-schön erscheint Knut oft dieses Hundeleben das er dem Kleinen verschafft. In miserable Bedingungen geboren, war Fidefix glücklich befreit worden durch eine Kette schützender Fügungen. Purer Zufall, wie dem hilflosen Hund sich das Leben zur Freiheit gewendet hat?

Zufall auch nur, wie Knut in aller Unschuld als Knabe die Quelle seines freien Glücks entdeckt hat? Von niemandem angeleitet, nicht aus Armut gezwungen. Sich selbst befreit als Knabe aus engen Konventionen dank eigenem Instinkt.

„Wie findest du das, Fidefix, wie ich hier sitze? Fällt dir was auf?"
„In der Küche schläfst du nicht, wie abends im Sessel."
„Nein, dass ich keine Schuhe anhabe so früh am Morgen!"
„Ziehst du sie an, fahren wir los!"

Gleich steht Fidefix auf.

„Ich hab noch keine Lust raus zu den Menschen zu gehen. Ich sitze hier sehr gemütlich. Willst du mit mir im Garten spazieren?"
„Da war ich schon."
„Ohne Schuhe? Fidefix! Schämst du dich nicht?"
„Hab doch gar keine, weißt du doch!"
„Ja, du hattest noch nie Schuhe, vermutlich bist du auch nie aus einem Paradies vertrieben!"
„Was'n das soll das sein… Patadies?"
„Manche Menschen erzählen von diesem alten Garten, in dem wir alle leben könnten. Und alle so barfuß wie ich hier

sitze. Sogar ohne haariges Fell, wie es dich wärmt. Keiner friert im Paradies. Dort gibt es auch immer genug zu essen. Für alle! Bis die Menschen leider verjagt wurden. Wie du aus dem Haus musstest. Sagt der Vater: ‚bringt ihn weg'."

„Warst du auch angebunden wie ich ganz klein und gar kein Patadies?"
„Nein, meine Mama hat mich im Arm gehalten und mich gewärmt und mir immer zu essen gegeben. Wir waren ja alle vertrieben und es war nicht mehr so warm wie im Paradies, deshalb wurden alle, auch schon die ganz kleinen Kinder, in warme Klamotten und feste Schuhe gepackt. Weil es hier zu kalt ist. Nur wenige Menschen erinnern sich spontan im Sommer, dass es mal im Paradies viel schöner war -- ohne schwere Schuhe."
„So schön, wie für mich nach dem Frisör!"
„Tatsächlich. Dir wächst ja ein dickes Fell bis zum Boden runter. Dann wirst du faul und müde, weil die Haare warm sind wie ein Pelz. Also bring ich dich zum Frisör, und du liebst es! Stehst ganz still auf dem Tisch, während sie dir die Haare schneiden, und danach springst du mir kurz geschoren munter entgegen wie ein ganz junges Kerlchen. Rennst wie wild auf der Wiese rum, wälzt dich wonnig im Gras, wie ausgewechselt. Genau wie ich als Kind im Wald rumgerannt bin."
„Gut, Knut! Rennen wir beide im Wald?"
Wieder springt Fdefix auf.
„Nein, macht keinen Spaß ohne Sonne! Ich möchte noch hier gemütlich sitzen. Mein Haus ist ja immer mollig warm. Einzig ihr Hunde könnt bei jedem Wetter raus, ich nicht. Auch im Winter, sogar kurz geschoren, frierst du nicht. Es ist wohl deine Unschuld."
„Weiß ich nicht, was das ist, Unschuld. Ich renne, wenn mir kalt ist."

„Ja, stimmt, im Haus liegst du auch gern am warmen Feuer. Also frierst du doch? Seltsam. Fändest du es nicht total doof, wenn ich dir mal einen Mantel anziehe und dicke Schuhe?"
„Kein Hund riecht mich in einem Mantel."
„Ja, stimmt! Immer beschnüffelt ihr Hunde euch. Riechst du jeden Hund gern?"
„Alle nicht. Mach ich einen Bogen."
„Das sagen wir auch, 'den kann ich nicht riechen'! Obwohl wir uns gar nicht beschnüffeln, so wie ihr. Wir sagen, den kann ich nicht riechen, nur weil der schon von weitem so unsympathisch wirkt. Aber neulich hab ich beobachtet es kam dir ein Hund entgegen, der war bestimmt noch zwanzig Meter weg. Er stand und du hast auch gestanden, beide mit erhobener Nase. Und dann kam er nicht zu dir gelaufen. Beide seid ihr einen weiten Bogen gegangen."
„Ja, weiß ich."
„Er hätte zu dir hin rennen können und dich beißen. Er war

größer als du."
„Das wollen wir beide nicht. Ist doch eine breite Wiese."
„Wenn genug Platz ist, gibt es bei euch keinen Kampf? Meinst du das?"
„Ja, manchmal."
„Und warum manchmal dann doch?"
„Weiß nicht."
„Menschen kloppen sich oft wie die Bekloppten. Und keiner will dann aufhören! Wenn dich mal ein Hund angreift, wirfst du dich sofort auf den Rücken und quietscht ganz laut. Dann hört der andere Hund sofort auf. Menschen hören nicht auf."
„Wenn du schreist, dann machen die weiter?"
„Ich hab es zum Glück nie erlebt. Als ich geboren wurde, war hier eine große Klopperei. Viele Tote. Plötzlich war dann aber Schluss damit. Und ich musste zum Glück kein Soldat mehr werden. Jetzt fangen sie hier und da wieder an damit."
„Kommen die zu uns?"
„Das will ich nicht erleben!"
„Alle haben Platz und können einen Bogen machen?"
„Sie haben Angst es wird zu eng und andere nehmen ihnen was weg. Du ja auch. Du willst keine Hundedame im Haus! Im Paradies, mein Kleiner, da war kein Krieg."
„Warum?"
„Da gab es keine Stiefel und keine Gewehre."
„Dann kämpft keiner?"
„Ja, barfuß nicht."

**

7.
Knut versteht, all das ist für Fidefix kein ernstes Thema. Also fragt er sich, weil das ja den Kleinen nicht wirklich interessiert, was diese Geschichte von verlorener Unschuld und Vertreibung aus dem Paradies wohl auf sich hat. Warum erzählen sich die Menschen so was? Warum vergessen sie aber dann, wie friedlich sie geboren wurden? -- Und wozu ist Scham gut?

Wenn sich einer schämt, geht ihm jede Lust sofort verloren. Ohne Lust bin ich aber traurig und müde und frustriert. Bewundernd hat Knut oft schon den Kleinen beobachtet, wie geschickt er mit Frust umgeht. Manchmal wird ihm was verboten, oder er ist wieder mal voll Vorfreude zu früh aufgesprungen, Knut hatte sich zwar Schuhe angezogen, aber es fällt ihm etwas anderes ein, er redet mit diesem Funkding zu Freunden, oder er schreibt etwas und schreibt und vergisst vollkommen, dass er versprochen hatte ‚wir fahren jetzt!' – irgendwann fällt es Knut dann wieder ein und er schaut besorgt zum Kleinen, weil Fidefix nun frustriert sein müsste, oder sogar beleidigt? Traurig? Nein, nicht ein einziges Mal. Meistens legt er sich einfach auf sein Kissen, wartet und tut sich selbst was Gutes. Leckt sein Fell, als ob er sich streichelt. Ganz so, wie frustrierte Damen zum Friseur gehen oder in teure Parfümerien. Und die Herren zur Massage.

Der Kleine unternimmt gegen Frust sofort etwas Lustvolles. Spielt mit seinem Tuch, zutzelt an seinem Kissen, oder er schläft für sehr schöne Träume! Niemals lässt er sich niederdrücken, schafft sich stattdessen selbst eine angenehme Ablenkung, keinesfalls schafft er sich neuen Frust -- wie ihn sich Knut jahrelang deprimiert geschaffen hatte. 'Mir geht es sehr schlecht, also soll es mir nun erst recht und viel schlechter gehen. Ich lade auf mein beschwertes Herz mit Lust mir noch mehr Frust auf, dass er mir süß den Schmerz noch schwerer macht...!'

Dieses Talent sich selbst zu quälen, haben das auch Tiere? Knut erinnert sich an einen Papagei, der sich im Käfig die eigenen Federn ausrupfte. Der brauchte eine Partnerin. Fidefix scheint gegen Frust vollkommen resistent. Immer sehr einfallsreich an spontanen Ideen, immer sofort bereit, sich was Gutes zu tun. Darin bewundert ihn Knut und wünscht sich im Austausch der Gedanken nun von dem Kleinen diesen Mut zu frust-freier Lust zu lernen.

Vor allem sollten sie nicht nur hier im Haus hocken! Beide gemeinsam raus ins freie Leben! Und just in diesem Moment bricht Sonnenlicht durch die Wolken.

„Fidefix, wollen wir draußen was erleben?"
„In die Stadt vielleicht?"
„Oder in den Wald?"
„Vielleicht treff ich mehr Hunde in der Stadt...?"
„Also gut. Nächstes Mal, bei viel Sonne, fahren wir in den Wald, okay? Jetzt in die Stadt!"

**

Während Knut sich Schuhe anzieht, denkt er an ihre erste Reise.
„Weißt du noch, wie ich dich ganz klein in eine Tasche gepackt habe, und wir sind ins Flugzeug gestiegen?"
„Das war richtig ein Flugzeug?"
„Was sonst, wir waren weit weg im Süden!"
„Ich hab nur dein Auto gekannt. Einmal hast du mich dann in eine Tasche gesetzt, da drin war aber ein kleines Fenster. Du hast mich rauf in ein sehr großes Auto getragen. Da hab ich gewartet, bis ich endlich mal raus durfte zu dir."
„Das war bereits im Flugzeug! Total süß, kommt der kleine Kopf raus aus der Tasche, alle Passagiere waren von dir entzückt. Und du hast dir sehr interessiert aus dem Fenster die Wolken angeschaut."
„Ich guck aus jedem Auto gern auf die Straße."
„So weit oben gibt es keine Straßen."
„Ja, jetzt weiß ich, wie da oben ein Flugzeug fährt."
„Leider passt du nicht mehr in eine Tasche, bist heute ein klein wenig zu groß und zu schwer."
„Flugzeuge sind aber stark wie große Vögel."
„Es soll auch Hunde geben, die wie Vögel fliegen."
„Kenn ich nicht."
„Möchtest du gern mal wieder ganz weit oben sein?"
„Ohne Straße hab ich Angst."
„Oh, ich kenne etwas zwischen fester Straße und fliegen, -- lass dich heute mal überraschen!"
Knut liebt es nämlich, ausgefallene Ideen sofort in die Tat umzusetzen. Gegen alle Hindernisse. Deshalb gehen sie jetzt

zur S-Bahn und fahren schnurstracks zu einem großen Platz mitten in der Stadt, ziemlich laut geht es da zu, und viele Lichter blinken sogar am Tag. Alle möglichen Menschen suchen hier ein Vergnügen. Leider sind Hunde dort ausdrücklich nicht geduldet, aber das ignoriert Knut, denn er hat eine Idee für den kleinen Fidefix, und da hält ihn keine Vorschrift auf.

Fidefix zeigt sich sowieso völlig unbeeindruckt von dem Lärm hier auf dem Kirmesplatz. Um ihn herum schwirren so unfassbar viele leckere Düfte. Alles total aufregend und für die Nase des Kleinen vollkommen neu.

So beschäftigt ist er mit all den Verlockungen, dass er gar nicht beachtet, wohin Knut ihn führt. Bis sie beide plötzlich vor einem riesigen Ding stehen, in dem viele kleine Autos hängen die rauf und runter fliegen. Auf der einen Seite rauf, auf der anderen runter Bis ganz oben bewegen sie sich, hoch wie Flugzeuge am Himmel.

Fidefix steht staunend und schaut dort weit nach oben. Noch ahnt er nicht, dass Knut fest entschlossen ist, mit ihm in dieser Höhe zu gondeln und mit weitem Blick über die Stadt. Wie wird der Kleine wohl darauf reagieren?

Knut verhandelt mit einer Dame, die in ihrem Kassenhäuschen sitzt.
„Haustiere sind auf dem ganzen Platz verboten!"
„Er heißt Fidefix, ein total erfahrener Flieger, der muss heute unbedingt mal wieder rauf in die Luft."
„Erzählen Sie mir keine Märchen, der Hund darf da nicht rein."
„Liebe Frau, haben Sie ein Herz? Können Sie diesem Blick widerstehen? Schauen Sie, wie sehnsüchtig er zu der höchsten Gondel schaut!"
„Ich sehe gar nichts, der Hund ist viel zu klein für mein

Fensterchen. Also, fahren Sie alleine?"
„Und wo bleibt der Hund? Ich will doch gar nicht fliegen, e r will -- was heißt will, meine Dame, er muss!"
Und Knut hebt ihr den wonnigen Fidefix vors Fenster.
„Wollen Sie diesen Hund unglücklich machen?"
„Gott, ist der süß! Gehen Sie ganz schnell, gerade hält dort die Gondel, rein und keinen Mucks!"

Schon sind sie drin. Und weil es so eilig ging, glaubt Fidefix natürlich, sie sind schnell in ein Auto gestiegen. Busse kennt er ja inzwischen, auch U-Bahn und sogar Eisenbahn, aber die nur selten, weil Knut sich ärgert, dass dort Hunde den halben Preis zahlen! Hier hat die Dame ihm gar kein Ticket verkauft. Das wird er später nachlösen, sofort nach der Landung. Es geht nämlich schon huiii in die Höhe. Knut hat Fidefix zu sich auf eine Bank gehoben und lässt ihn aus dem Fenster der kleinen Gondel schauen. Da steht er und wundert sich.
„Guck mal, Knut, die Häuser sind ganz klein! Und so viele da unten!"

„Und so weit der Himmel. Schau mal, der Turm dort hinten."
„Sind wir so groß wie der?"
„Fast nah dran an den Wolken."
„Jetzt wieder runter. Schade, schon vorbei?"
„Wart es ab, mein Kleiner!"
Und sie genießen nun stumm die Fahrt hinauf und herunter.
„Das ist mal was anderes, als immer zu Hause, wie?"
„Willst du hier oben gucken, wohin du gehen wolltest?"
„Wie bitte?"
„Da war ja auch viel Platz ganz weit. Du bist mal hin, mal zurück."
„Hast du mich da gesehen in dem tiefen Schlaf?"
„Klein bisschen. Dann hab ich nicht mehr hingeguckt."
„Aus Angst um mich?"
„Weiß ja nicht, was du da machst. Gehst du, kommst du."
„Wo war ich, als du wieder hingesehen hast?"
„Weg warst du."
„Weg?"
„Auch manchmal deine Gedanken. Kommt nichts zu mir hin."
„Und dann?"
„Muss ich warten."
„Hast du nicht zu mir hin gedacht?"
„Doch, ganz stark. Keine Antwort."
„Aha. -- Vielleicht war es das...?"
„Was?"
„Ich war auf einem Weg... und hab mich plötzlich umgedreht."
„Hast du Fidefix gehört?"
„Nein, glaub nicht. Mich nur umgedreht. Und dich stark gespürt."
„Immer nur ‚Knut! Knut!' hab ich gedacht."
„Ja, auch später dann, als ich zu Hause angekommen war, du hast mich unentwegt angesehen, bis ich mich zu dir drehe. Und zu dir spreche..."
„Das Auto saust hier ganz alleine!"
„Ja, rauf und runter, aber jetzt schon langsamer. Gleich

steigen wir aus."
Natürlich vergisst Knut nicht, nachträglich sein Ticket zu lösen. Und die nette Dame kommt sogar extra aus ihrem Kassenhäuschen, weil sie Fidefix streicheln möchte.
„Na, du Kleiner! Wenn du uns erzählen könntest, wie das für dich war da oben, was?!"
„Er hat sich alles sehr interessiert angeschaut. Wollen Sie ein Foto sehen, hab ich da oben aufgenommen..."
"Ach, wie süß er aus dem Fenster schaut!"

**

Während der Rückfahrt in einer wenig besetzten S-Bahn nimmt Knut den kleinen Fidefix zu sich auf den Schoß. Weil es ihm da unten zu dreckig ist. Sowieso schauen sie beide hier gerne aus dem Fenster, aber am liebsten beobachten sie alle Mitfahrenden. Nur heute schaut Fidefix nicht aus dem Fenster, auch nicht zu den anderen Fahrgästen, heute schaut er intensiv Knut an, der das nach einer Weile erst bemerkt.
„Wieso guckst du mich so prüfend an?"
„Ich guck, ob du guckst."
„Wonach soll ich gucken?"
„Nach Damen hier vielleicht?"
„Jetzt fängst d u auf einmal mit dem Thema an?"
„Die Dame an dem großen Rad war wirklich nett zu dir."
„Besonders, weil sie dich gestreichelt hat, was?"
„Mich streicheln viele gern. Dich auch?"
„Willst du wissen, ob ich das vermisse?"
„Immer fragst du nur mich. Was ist mit deinen Damen?"
„In meinem Alter bleibt man nur mit viel Glück nicht allein."
„Du hast doch Glück, oder?"
„Jedenfalls hab ich dich."
„Glück? Was'n das soll das sein?"
„Das Gefühl, wenn du hier bei mir auf dem Schoß sitzt und dir Gedanken um mich machst."
„Das kann auch eine nette Dame."

„Mir hier auf dem Schoß sitzen?"
Genau in diesem Moment setzt sich ein Mann neben Knut. Es wäre Platz genug im Wagen, aber er setzt sich wohl absichtlich genau hier hin. Knut schaut ihn kurz verwundert an, wendet sich aber dann wieder denkend zu Fidefix.
„Eine Frau auf meinem Schoß, weißt du, wie schwer die ist?"
„So schwer wie ein Glück?"
„Ach, lieber nicht."
„Wirst du ihr dann verraten, dass wir uns hören?"
„Soll ich?"
„Besser nur wir zwei, oder?"
„Wir könnten sehr berühmt werden, wenn viele wissen wir hören uns denken."
„Was'n das -- berühmt?"
„Wenn viele Menschen einen Schauspieler kennen, dann ist er berühmt."
„Dann sitzt du hier mit mir, aber alle kennen dich? Soll das Glück sein?"
„Vielleicht. Stell dir vor, wir sind auf der Bühne oder im Fernsehen. Und wir beweisen dem Publikum, wir hören uns denken."
„Dann sind wir berühmt?"
„Ja."
„So gerne möchte ich mal mit dir auf der Bühne sein! Du gehst immer nur alleine hin, ich muss in der Garderobe warten und warten."
„Ich bin ja nur noch selten im Theater."
„Knut, überall berühmt sein, das find ich nicht schön."
„Du wirst bewundert. Alle lieben Fidefix!"
„Nein, alle lieben Knut. Ich bin nur ein Hund. Und auf einmal bist du berühmt und haust einfach ab mit vielen anderen, weil sie dich so lieben!"
„Aha, davor hast du Angst?"
„Das will ich nicht ‚berühmt'. Nein. Wir sagen keinem, wie wir uns hören."
„Als ich Schauspieler geworden bin, wollte ich berühmt werden."

„Dass sie alle dich streicheln?"
„Warum nicht?"
„Schöne Damen?"
„Ja. Und mein Kleiner ist dann eifersüchtig."
„Was'n d a s soll das sein?"
„Vielleicht willst du keine Hundedame, weil du Angst hast, ich hab sie noch mehr lieb als dich?"
„Kann ich sie ja beißen."
„Tja, das ist Eifersucht."
„Ich beiß aber keine Damen. Die brauchen wir sowieso nicht."
„I c h bin nicht eifersüchtig. Ich kann eine Hundedame genau so lieb haben, wie dich."
„Wenn sie dann zu dir auf dein Sofa will, -- wer darf rauf? Sie oder ich?"
„Da ist für euch beide Platz! Aber vielleicht liegst du viel lieber mit deiner Hundedame gemeinsam auf eurem Kissen!"
„Beide auf einem Kissen? Das ist da viel zu klein!"
„Aber angenehm!"
„Lieg lieber du angenehm mit deiner Dame auf dem Sofa! Aber wir wollen ihr niemals nichts verraten von uns!"
„Erst mal suchen wir jetzt eine Dame für dich, ja?"
„Vielleicht."
„Guck mal, ob hier in der Bahn eine Hundedame sitzt."
„-- Knut? Was bedeutet es, wenn der Mann neben dir seine Hand in deine Jacke steckt?"
„Das bedeutet, der will mir was klauen."
„Was'n das ist klauen?"
„Wenn ich eine Wurst drin hab."
„Soll ich ihn beißen?"
„Pass auf, was ich mache!"
Knut schaut zu dem Mann.
„Lieber Herr, mein Hund denkt mir gerade, Sie wollen mir was klauen!"
Der Mann schaut Knut erschrocken an, schaut zu Fidefix, zieht sofort die Hand aus der Jackentasche, steht auf, hat Glück, dass sich gerade die Türe öffnet, er flüchtet auf den

Bahnsteig.
„Siehst du, mein Kleiner, es geht auch ohne beißen!"
„Ja. – Aber du hast unser Geheimnis verraten."
„-- Hab ich?"
„Du sagst ‚Mein Hund denkt zu mir...' -- Also verraten!"
„Ach, der war so erschrocken, der hat das gar nicht verstanden."
„Es soll aber unser Geheimnis bleiben, oder?"

**

8.
Nach diesem aufregenden Tag ist Fidefix abends hundemüde. Sie liegen beide auf dem Sofa, der Kleine schnarcht ganz leise, liegt halb auf Knut. Der ist müde und bleibt doch wach, kann sich mal wieder nicht entschließen vom gemütlichen Sofa ins Bett zu wechseln. Ja, jeden Abend das gleiche Spiel. Als ob Knut den Tag verlängern möchte, bloß nicht zu früh ins Bett und einschlafen! Mittagsschlaf fällt ihm viel leichter, da legt er sich für ein zwei Stunden gerne ins Bett. Wird er dann wach, ist es immer noch Tag! Helles Licht draußen. Am dunklen Abend freiwillig im Bett einzuschlafen, das bedeutet, den Tag unwiederbringlich aufzugeben. Wirst du dann morgens wach, ist der alte Tag für immer verloren. Und viel zu wenige Tage hat ein Jahr...! Besser wäre es, das Bett ganz zu meiden. Und sowieso die Dunkelheit!

Vorsichtig hebt Knut den tief schlafenden Fidefix zur Seite, lässt ihn selig träumend auf dem Sofa liegen und geht in den Garten. Klarer Himmel. Der Blick zu den Sternen -- ratlos. Ja, als Kind waren ihm alle Sterne nur lieb vertraute Freunde. Auch damals schon verließ er nachts heimlich sein Bettchen, ging zum Fenster, schlich sich sogar auf seinen kleinen Balkon, dessen Tür zwar quietschte, aber mit sehr viel Geduld ließ sie sich leise einen Spalt weit öffnen. Draußen hatte er dann als kleiner Knirps den Blick frei zum großen Himmel. Dort oben machte nichts ihm Angst. Zu gerne wäre er als Kind aufwärts geflogen, die Freunde dort zu berühren, auch mit ihnen zu spielen. Oder gemeinsam mit ihnen leicht am weiten Himmel still zu schweben.

Schon damals ist es ihm überall zu laut. Sogar hier auf dem Balkon hört er entfernt die Autos fahren, sogar nachts, aber auch Grillen sind laut, die Frösche im Teich, sogar Vögel manchmal. Auch Eulen heulen! Uhh, da ist er dann doch rasch zurück ins Kinderbett. Und geht auch jetzt aus dem Garten zurück in sein schützendes Haus.

So viele Sterne, so viele Fragen. Davor behütet ihn nur sein Haus. Nachts und bei heimeligem Kerzenlicht. Er zündet sie nun alle an! In allen Zimmern helle Kerzen, sehr viele stehen dort überall bereit. Niemals hat er sie bisher alle auf einmal angezündet, meist nur mal diese, mal jene. Heute Nacht will er sie alle auf einmal. Und er lässt auch alle Zimmertüren offen. Nirgends eine Dunkelheit.

So steht er in den kleinen Räumen seines Hauses, steht in seinem gelebten Leben. In lebendig flackerndem Kerzenlicht mitten in schwarzer Nacht.

Wie die Lichter sind überall ringsum Fotos verteilt, meist sehr klein gerahmt, damit er die fotografierten Menschen nur erkennt, wenn er sich ganz dicht vor sie stellt, er will sie so genau nicht ständig sehen, alles ist nur Vergangenheit. Genug, sie in den Zimmern zu wissen. Stattdessen mächtig groß gemalte Bilder an den Wänden. Keiner Kunstrichtung folgend, keine Abstrakten, alles reale Motive. Spontan hatte Knut jeweils entschieden diese Bilder mit in sein Leben zu nehmen. Menschen aus allen Epochen. Er hat jedes dieser Bilder sich zur Gesellschaft mit ins Haus genommen.

Alles betrachtet er nun ringsum mitten in dieser Nacht. In der er auch sich selbst betrachtet in seinem Haus. Das er nie allein bewohnen wollte... Nun lebt er hier mit Fidefix. Der auf dem Sofa seelenruhig schläft. Den Tod nicht fürchtet. Weil er nichts davon weiß? Oder mehr über die Dunkelheit weiß, als ich selbst?

Knut will ihn nicht mit Fragen bedrängen. Es sei denn, eines Tages offenbart ihm der Kleine sein Wissen. Ganz klein war er ja schon so nah am Tod. Wusste er das? Wusste er, wohin Knut gegangen wäre dort im Krankenhaus und für immer? Oder würde es enttäuschend sein, wenn auch der kleine Hund nicht mehr weiss als wir Menschen? Ich werde ihn fragen, demnächst bald mal? Wird ihn das ängstigen? Vielleicht nicht! Hunde leben vielleicht sogar ohne Zukunftsängste. -- Oder erscheint es uns nur so? Auch Hunde sind ja traurig. Kennen sie Weltschmerz, wie wir? Gibt es denn depressive Hunde? Oder sind sie uns überlegen in allgesamtem Wissen? Sogar angstfrei in Gewissheiten?
Wie finde ich heraus, was Fidefix empfindet? Wir sollten jetzt öfter dieses Haus verlassen, weil ich ihn nun draußen mit ganz anderen Augen beobachte. Könnte auch sein, wir kommen gemeinsam unterwegs auf völlig unbekannte Ideen! Oder wir begegnen zufällig unseren uralt verlorenen Erinnerungen! Als wir Kind und wissend waren...

Fidefix behauptet, ich hätte viel vergessen. Was wir alle früh gewusst hätten! Schaut der Kleine wirklich so weit zurück? Erst gestern, als wir mit der Bahn in die Stadt fuhren, hatten wir vorsichtig dazu einen kleinen Dialog.
„Wir Menschen denken uns die Köpfe heiß, woher wir geboren werden."
„Hast du vergessen?"
„Du nicht?"
„Nein."
Mehr hat er dazu nicht gesagt. Und weiter hat Knut nicht zu fragen gewagt. Vielleicht ein andermal? Er wird nun Fidefix entscheiden lassen, was sie wo gerne erleben möchten. Bislang war das ja immer eine Scheinfrage: „Gehen wir jetzt spazieren?" Darauf reagiert jeder Hund voll spontaner Freude. Aber fragt ihn jemals sein Mensch, wohin der Hund spazieren will? Will der, ganz egal wohin, nur raus ins Leben? Wie bewusst lebt er? Sucht er Abenteuer, Ablenkung, genau

wie wir...?
Und soll er mich in meinen Wald begleiten? Werden wir dort beide rennen wie ich als Knabe? Noch einmal unbändige Energie spüren barfuß aus der Erde. Wird Fidefix reagieren wie ich, werden wir beide dort jung sein? Beide ohne Angst?

**

9.
Wieder ist jedoch am nächsten Tag Fidefix lieber für eine Fahrt in die City. Will dort gerne unbedingt etwas Aufregendes erleben!
Sie sind sich aber einig, keinesfalls nur an Schaufenstern entlang zwischen stinkenden Autos zu spazieren. Hamburg City bedeutet für beide der große See mitten im Zentrum. Und dort drumherum die Grünanlagen mit vielen sandigen Wegen und meist angenehmen Spazierern, -- Menschen wie Hunden...
Seinen kleinen Freund lässt Knut hier frei laufen und kümmert sich nicht drum ob laut Vorschrift alle Hunde an einer Leine geführt werden sollen. Niemals galt das auch für seinen Kleinen, der schon immer viel zu klug und eigenständig war. Sie behalten ja einander im Blick, aber nicht in Sorge um den anderen, jeder spaziert hier mit seinen eigenen Gedanken. Außerdem entdeckt Fidefix um den See herum stets reichlich Abwechslung – und Knut versucht ab und an zu beobachten, wie intensiv der Kleine sich auch für Hundedamen interessiert. In der noblen City hier am See wohnen etliche edle Schönheiten! Abgeneigt zeigt sich der Kleine offenbar nicht, sogar bevorzugt er furchtlos besonders große Damen, ungeniert hofiert er auch versnobt frisierte Exotinnen betuchter Herrschaft, ...die allerdings den kleinen Charmeur meist ungnädig belächeln. „Was ist denn der für eine Rasse?" fragen sie.

Auch darüber wird sich Knut mit seinem kleinen Rabauken demnächst verständigen, obwohl Hunde vermutlich arm und reich und Rasse nicht unterscheiden. Rangordnungen kennen sie zwar und beachten sie durchaus, aber Rasse? Bei Hunden hat der Stärkere die Macht. Obwohl sich der kleine Fidefix mit pfiffigem Charme überall behauptet. Außer bei Rabauken, auf die lässt er sich clever gar nicht erst ein. Rasse hingegen imponiert ihm nicht, mag sein, er weiß nicht einmal, was das ist.

Halb im Schatten auf einer Bank sitzend, beobachtet Knut heute seinen kleinen Pfiffikus aus einiger Entfernung und ist zugleich froh hier auszuruhen, -- als er plötzlich sieht, dass Fidefix sich für gänzlich andere Damen interessiert! Drei quietschfidele, leicht korpulente Mensch-Damen sitzen auf einer Bank und unterhalten sich lebhaft. Umrahmt von prall gefüllten Einkaufstaschen, offenbar eine verdiente Rast genießend nach meilenweitem Bummel durch diverse Kauftempel. Darunter wohl auch einer fürs leibliche Wohl, denn die Dame ganz links außen bietet ihren Freundinnen aus einer ihrer Tragetüten allerlei Leckereien an. Und dafür hat klein Fidefix immer eine schamlose Nase! Auffordernd setzt er sich vor die drallen Damen. Was denen zwar nicht entgeht, aber nur eine einzige wirft ihm einen kleinen Brocken zu. Ausgerechnet die Dickste der Dreien und jene, die für eine pralle Tüte Proviant gesorgt hatte. Im Reflex bringt sie jedoch diese Leckerei vor Fidefixens begehrlichen Blicken in Sicherheit, stellt die Tüte neben sich auf die Bank, weit links außen.

‚Na gut', scheint sich Fidefix zu denken –und er denkt ja, das weiß Knut nun mit Gewissheit-, ‚dann eben nicht'. Er ignoriert also die egoistischen Damen, die ihm sowieso viel zu laut und allzu lustig scheinen. Aber Knut kennt seinen Filou, der tut nur so als ob ihn schnüffelnd der nahe Rasen interessiert. Er kommt hinterrücks in einem Bogen zur Bank zurück, zögert vorsichtig, hebt sich leise mit den Vorderpfoten links außen auf die Bank, zieht sehr langsam die Tüte mundgerecht in eine Schräge und hat jetzt den Blick frei auf alle darin verstauten Köstlichkeiten. Ohne jede Hast angelt er sich eine beachtlich große Beute – und rennt davon. Kurz bevor die schräge Tüte nun vollends zur Seite kippt, was der dicken Dame nicht entgeht. Sofort entdeckt sie den flüchtigen Dieb und --- lacht laut los. Zeigt den Freundinnen diesen dreisten Ganoven, steckt sie alle an mit ihrem Gelächter, zumal Fidefix entfernt auf einer Wiese steht, die Beute vor sich im Gras versteckt, den Blick fern und vollkommen ahnungslos in gespielter Unschuld. Was die Damen noch mehr erheitert. Bis Knut sich erhebt und sich verpflichtet fühlt, den Schaden zu ersetzen.

Lächelnd steht er mit einem Geldschein vor den Dreien.
„Entschuldigen Sie bitte den kleinen Räuber, es ist meiner."
„Aber nein, die Tüte ist doch proppenvoll, das macht überhaupt nichts! Der Kleine ist zu lustig. Und so listig hat er das eingefädelt! Wie alt ist denn das Kerlchen?"
„Der ist noch fit – erst sieben!"
„Da hätten wir ihn sogar jünger geschätzt! – Und Sie haben ihm noch nicht beigebracht, dass man Damen nicht beklauen darf?"
Wieder lachen sie im Trio und wohl auch amüsiert über Knuts Verlegenheit.
„Ich weiß nicht, ob man einem Hund das verklickern kann."
Das lügt er, denn er weiß es ja jetzt besser, er könnte nun dem schamlosen Hund durchaus vermitteln, was es mit dem Klauen moralisch auf sich hat.
Die Damen verweigern generös sein Geld und verzeihen dem raffinierten Räuber. Knut verabschiedet sich, nicht ohne ihnen zu versichern, endlich den kleinen Fidefix über Recht und Gesetz belehren zu wollen.
„Fidefix – so ein lustiger Name --- wirklich passend für ihn – lassen Sie man gut sein...!"
Ungetrübt bleibt die Heiterkeit der dicken Damen, schon sind sie wieder munter zugange in ihrer Unterhaltung. Und Knut geht seines Weges, ohne sich nach dem Übeltäter umzusehen.

Die Predigt wird folgen!
Auch wenn er sich sofort überlegt, wie interessant es wohl wird, dem Hund menschliche Moral ins Hirn zu denken. Kann ein Tier anders als seinen angeborenen Reflexen folgen? Immerhin, manche Hunde lassen sich willig dressieren auf teils völlig widernatürliches Verhalten und blöden Gehorsam. Wieso akzeptieren sie das?
Dressierte Hunde findet Knut immer wieder beklemmend, wie er ja auch Menschen nicht erträgt, die nur „ihre Pflicht" tun und das als Rechtfertigung verkünden. Derart dressierte Menschen bringen ihn sofort in Rage!
Sogar in Frankreich, wo erschreckend viele Spießer trotz liberté beheimatet sind! Dort schockt er solche Typen besonders gern. Kommt ihm einer mit „ich tu nur meine Pflicht", verbittet Knut sich das trotz seines deutschen Akzents: „Mit diesem Argument sind fünf Millionen Juden vergast worden, kommen Sie mir nicht mit einer solch stupiden Entschuldigung!" Freilich, auf den ersten Blick ist das in Frankreich bei deutschem Akzent eine Dreistigkeit, aber gerade weil e r es sagt, trifft es zumeist. Auch wenn kein Franzose je einen Juden vergast hat, aber sie wissen dass darüber viele Landsleute nicht allzu unglücklich gewesen sind, damals nicht und einige bis heute. Es hat die menschliche Moral viele Fratzen, oft gut geschminkt und immer aalglatt begründet. Was kann Fidefix über Moral wohl wissen?

**

„Du durftest die Damen nicht beklauen."
„Die Tüte hat sie voll bis oben!"
„Das war ihre und nicht deine Tüte."
„Aber voll."
„Darfst du nicht einfach was nehmen."
„Machst du doch auch!"
„Was mach ich? Wo denn?"
„Du holst dir volle Tüten."
„Die bezahl ich aber im Supermarkt!"

„Was'n das soll das sein … bezahlen?"
„Ich gebe Geld dafür."
„Nein, da liegt ja alles rum, kann sich jeder nehmen."
„Nimmst du zu Hause von meinem Teller?"
„Nein. Das willst du nicht."
„Und du willst keine Hundedame, die deine Schüssel leer macht."
„Muss sie mir bezahlen?"
„Hat sie Geld?"
„Was'n das… Geld?"
„Geld ist ‚Gibst du mir was, geb ich dir was'."
„Keine Hundedame hat so was!"
„Vielleicht ist sie fair und nimmt nicht alles aus deiner Schüssel?"
„Da bin ich aber nicht satt."
„Wenn du sie lieb hast, doch."
„Wenn du zwei lieb hast, gibst du zwei Schüsseln."
„Die dicke Dame hast du gar nicht lieb, die hast du einfach nur beklaut. Und wenn du mir was von meinem Teller klaust, bin ich traurig."
„Nein, dann bist du böse. Einmal war das. Du hast mit mir geschimpft!"
„Tut mir leid."
„Die Dame…, d i e hat gelacht."
„Ach, mein Kleiner, Moral verstehst du nicht. – Über den Mann in der Bahn hast du dich aufgeregt als der mir was aus meiner Jacke klauen wollte!"
„Das war u n s e r e Wurst in deiner Jacke!"
„Eben! Er müsste mich bitten. Dann teile ich die Wurst mit ihm. D a s ist Moral. Oder er gibt mir Geld."
„Geld ist Moral?"
„Nein, hast recht, Kleiner, stimmt schon, -- teilen ist besser als Geld."
„Siehst du!"
„Aber die Tüte gehört trotzdem der Dame!"
„Sehr schön dick die Damen. Die sollen mir teilen!"
„Oh je, Fidefix, ich geb's auf."

Knut setzt sich erschöpft hier im Park noch einmal auf eine Bank und präsentiert sein Gesicht mit geschlossenen Augen entspannt der Sonne.
„Statt zu klauen, kannst du mich immer fragen ob ich was für dich in der Tasche habe."
„Hast du?"
„Willst du schon wieder was?"
„Wenn du was hast."
„Auf mich kannst du dich verlassen...!"
Schmunzelnd und weiter mit geschlossenen Augen holt Knut knisternd aus seiner Jackentasche eine offene Tüte.
„Hey, was macht der da? Knut, bring das schnell mit..."
Knut öffnet erstaunt die Augen, sieht Fidefix zum See rennen. Dort flieht gerade am Ufer entlang schreiend ein Mädchen vor einem großen Hund. Mutig will der kleine Fidefix den großen Hund aufhalten, Knut läuft sofort hinterher, das kleine Mädchen sieht sie beide kommen, achtet nicht auf das Ufer -- und rutscht prompt im Laufen ins Wasser. Der große Hund steht verblüfft. Das Kind schreit im Wasser und kann offensichtlich nicht schwimmen.
„Gib ihm was!" rät Fidefix clever, Knut hält die Tüte ja noch in der Hand, wirft sie dem Großen hin, der schnappt sie sich und vergisst sofort das Kind, -- schon läuft Knut ohne zu zögern ins Wasser, nur hüfthoch hier für ihn, aber das Kind war dort schon untergetaucht und strampelt sich jetzt wieder nach oben, also packt er es an der kleinen Hand und hebt es zu sich hoch. Stellt am Ufer das triefende Mädchen ab, entsetzte Eltern kommen gelaufen, der große Hund ist mit der offenen Tüte längst auf und davon. Das Mädchen steht heulend und hustend, tröstend vergessen die Eltern erst mal die beiden mutigen Retter.
„Komm schnell, Fidefix, wir nehmen ein Taxi zum Bahnhof."
„Du bist ganz nass!"
„Und du bist sehr mutig, so ein kleiner Hund gegen den großen! Und alles für ein Kind. Das ist auch Moral..."
Während sie beide eilig zur Straße gehen, in der Hoffnung

dort ein freies Taxi anzuhalten, ist Fidefix noch aufgeregt über die spontane Rettungsaktion.
„So ein blöder Hund, rennt hinter dem Kind her!"
„Wollte er das Mädchen beißen?"
„Quatsch, der wollte nur spielen!"
„Das Kind hat geschrien vor Angst."
„Macht ihm Spaß. Schreit einer, rennt der Hund hinterher."
„Du rennst nicht mal einer Ente hinterher! Auch keinem Hasen!"
„Will ich nicht."
„Du bist überhaupt besonders brav. Ich hab fast niemals Ärger mit dir."
„Bist ja auch brav mit mir."
„Ich glaub aber doch, der große Hund war wirklich wütend auf das Mädchen."
„Vielleicht hat sie ihn geärgert."
„Oder er hat einfach Lust, ein Menschenkind zu jagen."
„Wenn sie mit Angst wegrennt, rennt er hinterher."
„Und warum wolltest du dem Kind trotzdem helfen?"
„Der Hund ist so groß für das kleine Mädchen."
„Auch viel größer als du! Hattest du keine Angst vor dem?"
„Ich hab doch dich!"

An der Straße hebt Knut ihn hoch und trägt ihn.
„So klein bin ich nicht, musst mich nicht tragen."
„Hier fahren zu viele Autos, das ist für dich gefährlich. Außerdem wärmst du mich, wenn ich dich im Arm halte. -- Da ist schon eines..."
Auf sein Winken stoppt ein Taxi.
„Guten Tag! Ich bin im See ein bisschen nass geworden, darf ich einsteigen?"
„Moment, ich leg auf den Rücksitz eine Decke. Ist der Hund auch nass? War d e r ins Wasser gefallen?"
Fidefix knurrt. „Immer ist der Hund schuld!"
„Nein, nein, ein kleines Mädchen."
„Ein Mädchen? Und Sie haben es gerettet! Bitte sehr, steigen

Sie ein. Wo soll es denn hingehen?"
„Zum Dammtor. Wir nehmen die S-Bahn nach Hause."
„Soll ich Sie nicht heimfahren?"
„Nein, vielen Dank. Das ist zu weit draußen. In der Bahn habe ich es warm. Und von unsrer Bahn-Station ist es dann nicht mehr weit bis ins Haus."
„Knut, soll er dich fahren!"
„Das kostet zu viel Geld!"
„Du lügst ein bisschen.... vom Bahnhof nach Hause müssen wir noch laufen. Du hast die Hose nass."
Das beschäftigt offenbar auch den Taxi-Chauffeur:
„Wenn Sie nachher aussteigen, wird es sehr kalt für Sie!"
„Hörst du?!"
„Ich steig' ganz schnell aus. Vielleicht hab ich Glück, und es kommt die Bahn dann sofort."
„Ich kauf dir das Taxi. -- Warum hab ich kein Geld?"
„Ich kann ja schon mal bezahlen, wenn Sie ungefähr wissen, was es kostet".
„Also, wenn Sie ein Kind aus dem Wasser geholt haben, dann fahr ich Sie ohne Geld."
„Sehr nett von Ihnen, vielen Dank!"
„Siehst du, der Mann braucht gar kein Geld. Und er macht es uns extra heiß hier, puh, ich leg mich jetzt neben dich. Wird mir zu warm auf deinem Schoss."
„Na, jedenfalls hast du jetzt was Aufregendes erlebt!"
„Blöder Köter....ja, ja, Köter will ich nicht sagen, -- aber er rennt hinter dem Kind her!"
„Aus Wut hätte der sich auch auf d i c h stürzen können."
„Der war nicht wütend. Jeder Hund rennt zum Spaß!"
„Und das Kind fällt zum Spaß ins Wasser! Du willst ihn nur verteidigen, damit ich nicht schlecht über große Hunde denke."
„Der hat wirklich gespielt!"
„Du hast sofort gesehen, dass es kein friedlicher Hund ist. Sonst wärst du ja nicht zu ihm gerannt."
„Menschen sind auch böse. Einer hat mich mit seinem Fuß getreten."

„Wann war d a s denn?"
„Davon will ich nichts sagen."
„War der groß und stark?"
„I c h war ganz, ganz klein und sitz nur so. Tritt mich der Mann mit dem Fuß."
„Trotzdem hattest du heute den Mut, auf einen riesigen Hund los zu rennen! Enorm mutig von dir! -- Da ist ja schon der Bahnhof. Vielen Dank, ich steig' schnell aus."

Und raus ist er. Wirft die Türe zu.

Fidefix sitzt noch im Taxi. Guckt verdutzt Knut hinterher, wie er da in den Bahnhof rennt wegen seiner nassen Hose. Hinter dem Taxi hupt schon ein anderes Taxi, also fährt der Fahrer los. Hat den kleinen Fidefix hinten auf der Bank nicht gesehen. Und Fidefix kann ihm nichts sagen. Klar, er könnte knurren oder bellen. Aber erst mal ist er selbst nur geschockt. Wie kann Knut einfach so wegrennen?!

Und wie wird Fidefix ihn nun finden? Der Taxifahrer kann ihn ja nicht zu Knut bringen, er weiß überhaupt nicht, wo sie wohnen. Und Geld für die weite Fahrt hätte Fidefix sowieso nicht! Na, jetzt wird es echt aufregend!

Zum Glück fährt das Taxi nur ganz kurz, hält nach wenigen Metern am Taxenstand, der Fahrer steigt aus, will die nasse Decke vom Rücksitz nehmen, öffnet dort die Türe... schwupp springt Fidefix raus, rennt zum Bahnhofseingang. Hoffentlich ist Knut nicht schon hier mit der Bahn weg! Hat er endlich gemerkt, dass Fidefix gar nicht bei ihm ist?

Der Taxifahrer kann nur überrascht dem Kleinen hinterher schauen, wie er zur Bahnhofstüre flitzt.

Fidefix ist aufgeregt und ratlos. ‚Nur an seine kalte Hose denkt er! Und wie kann ich durch die Türe? – Na endlich, kommt grad einer! – Und jetzt? Alles so groß hier! Viele

Menschen! Sogar eine Hundedame dort hinten. Mir jetzt egal. Wo ist Knut? Soll ich laut bellen? Vielleicht erst mal heulen!'

„Uuhuu, wo ist Knuuuut, wo bist duuhuhuu...? Wieso merkst du das nicht? Ich bin doch gar nicht bei dirhihiiir...?!! Huuhuuu...."
Mitten in der Halle sitzt Fidefix und heuuult. Bis ein paar Menschen um ihn herum stehenbleiben und zu ihm runter gucken. Da hört er sofort auf. ‚Die denken, ich bin allein hier! Nein, nein, bin nicht allein, ich muss nur warten! Knut findet mich.'

Also heult er nicht mehr und tut ganz harmlos, durchquert einfach die Halle – schnuppert sich rein zufällig dorthin, wo hinter einem Fenster leckere Wurst gebraten wird. ‚Ich setz mich an diese Mauer ---- ahh, r i e c h t total nach Wurst! Da kann ich gut warten. Soll jetzt Knut mal m i c h suchen! Er sagt immer „lauf ja nicht weg, du musst hier auf mich warten." Dann geht er irgendwo alleine rein, wohin Hunde nicht gehen dürfen. Na ja, wie bei uns zuhaus, da darf ich auch nicht in jedes Zimmer... -- Hier laufen so viele rum! Keinen kann ich fragen. – Hört ja keiner hin. Nicht mal Knut hört mich. Wegen der nassen Hose muss er jetzt an sich denken. Und er verlässt sich drauf, dass ich immer hinter ihm her laufe.'

‚Auch viel zu laut hier, da kann mich Knut sowieso nicht hören. Ich hör ihn auch nicht. Wenn er nur nicht in der Bahn ist, ohne mich. Was dann? Muss ich dann warten, bis es dunkel ist? Dann sitz nur ich alleine hier, alles still, dann hört er mich vielleicht.'

Fidefix bemerkt einen Mann nahe bei sich. ‚Was will der? Guckt mich so an.'
„Na, du kleiner Hund. Du bist ja so ein Lieber. Bist du ganz alleine hier?"
‚Also, ich leg mich hin, guck nicht zu ihm. Dann lässt er mich

in Ruhe!'

„Ach, jetzt legst du dich auf den kalten Boden, du armer Kleiner. Hast du kein Zuhause? Hat dich einfach einer hier sitzen lassen? Willst du nicht mitkommen?"

‚Ich bleib hier, auch wenn ich Hunger hab! Knut findet mich, das weiß ich! Aha, jetzt lässt der Mann mich in Ruhe. Klein wenig knurren hilft immer, gleich geht er paar Schritte weg. Jetzt steht er schon wieder und guckt.'

„Willst du wirklich nicht mitkommen? Ich hab es schön warm bei mir! Du kannst was besonders Leckeres haben!"

‚Gleich bell ich den an, der soll abhauen. R i e c h t gut nach Wurst hier, du blöder Mann, das ist genug lecker! Bis Knut bald kommt...'

„Lass uns doch gehen!"

‚Den bell ich jetzt an!'

Laut bellt Fidefix. Und schon entdeckt ihn Knut!

„Na endlich meldest du dich, Kleiner! Wo steckst du denn die ganze Zeit?" Aus Freude hebt er seinen Fidefix hoch und trägt ihn. „Jetzt musst du mich doppelt wärmen, ich such dich schon so lange, merkst du, wie ich zittere? Die Bahn war da. Aber im Einsteigen hab' ich zum Glück nachgesehen, ob du auch mit einsteigst. Und weg warst du! Wo rennst du denn hin? Du hast endlich eine superschöne Hundedame gesehen, was?!"

„Vielen Dank! Und wer macht die Türe zu im Taxi?"

„W a s hab ich? Ach, meine Güte, wirklich?"

„Klar, für eine nasse Hose kannst du Fidefix vergessen!"

„Wir steigen jetzt in den warmen Zug, da wird die Hose schnell trocknen"

**

Endlich sitzen beide vereint in der Bahn.

„Ich hab mich wirklich darauf verlassen, dass Du hinter mir her läufst! Muss dich doch niemals rufen! Das hast du von klein auf gelernt."

„Hab ja nur dich!"

„Und du hast mir von klein auf immer gehorcht. Ohne Leckerli und sowas! Ich hab dich beobachtet auf der Hundewiese, da stehst du nämlich immer und staunst wie blöd manche Hunde sind?"
„Die rennen nur für klein wenig was lecker zu essen. Muss ich gar nicht. Du gibst mir immer genug."

„Weißt du dass wir sagen, Hunde fressen?"
„Auch so eine Diskrimi-ninierung."
„Wie nennst du das?"
„Heißt doch so."
„Nicht mi-ni-nie!"
„Ihr sagt das nie?"
„Ach, macht ja nichts, ist ja auch ein fremdes Wort."
„Fremde Wörter wirken intellent!"
„Wer sagt d a s denn?"
„Ein Freund von dir sagt so viele davon. Und du denkst immer ganz leise ‚der mit seinen Fremdwörtern, will er wieder intellent wirken'!"
„Ja, stimmt, der will nur angeben!"
„Wie zehn nackte Neger!"
„Fidefix! D a s darf man NIEMALS denken!"
„Wieso, ‚nackt' darf ich nicht denken?"
„Du weißt genau, was ich meine!"
Knut amüsiert sich, trotz der nassen Hose.

„Sag mal, Fidefix, bist du ein intellektueller Hund?"
„Intellekter – was'n das soll das sein?"
„Intelligenter als die anderen! Oder sind Hunde alle gleich schlau?"
„Keiner wie der andere."
„Warum machen viele Hunde alles für ein Leckerli?"
„Muss ich nicht. Daheim hab ich die Schüssel voll."
„Tja, klug warten, das kannst du, Kleiner! Zum Glück auch heute im Bahnhof. Brav gewartet. -- Bis auf das eine Mal, als du auf mich am Bahnhof nicht gewartet hast. Einfach verschwunden!"

„Du warst traurig..."

„Zwei Wochen warst du weg, zwei Wochen ohne Fidefix! Ich hab nicht mehr gehofft, dass ich dich wiederfinde."

„Warst du in ein Haus gegangen. Hast mich draußen allein gelassen, war es kalt. Heute gehn wir beide schnell heim. Du zitterst in der nassen Hose."

„Ist dir jetzt unangenehm, dass ich daran denke, wie du damals weggelaufen bist?"

„Kannst du die Hose nicht ausziehen?"

„Doch nicht in der Bahn, spinnst du?! Komm zu mir auf den Schoß, das wärmt mich. -- Und jetzt erzähl mir, solange wir noch fahren, warum du an dem Tag abgehauen bist... Ich hab wirklich gedacht, wie kann der Kleine sowas machen'!"

„Erst hast du mich bei uns am Bahnhof allein gelassen, bist in das Haus und ich soll warten. Kommt eine junge Frau zu mir und sie streichelt mich sehr, sehr lieb."

„Hat sie zu dir geredet?"

„Ja, viele streicheln mich immer."

„Du gehst aber nie mit denen mit."

„Die junge Frau war ganz sehr lieb."

„Aha, und da vergisst mein Kleiner jede Moral. Er vergisst sogar Knut und auch die volle Schüssel zu Hause!"

„Ich bin nur paar Schritte hinter ihr her."

„Und?"

„Du bist so süß... – hat sie gesagt! Bin ich mit ihr mit."

„In die Bahn mit ihr gestiegen."

„Das hab ich erst gemerkt, wie die Türe zuging."

„Zu spät!"

„Ja, waren wir da drin. Sie geht mit mir dann raus, ich weiß nicht, wo wir sind. Ganz allein mit ihr. Sie geht in eine Straße, kenn ich gar nix, in ein Haus, kenn ich nicht, in eine kleine Wohnung. Die Frau hat aber für mich eine Schüssel. Legt sich aufs Bett, ich darf zu ihr kuscheln."

„Und schon ist es gemütlich und Knut vergessen."

„Ja, ist er. – Bis sie wieder geht. -- Lieg ich da alleine."

„Und die Türe ist zu."

„Später kommt sie, geht mit mir raus, ich kenn keinen Baum.

Weiß auch nicht, wo d u bist. Sitz ganz allein da. Bin auch jeden Tag viel allein in ihrer Wohnung. Hab Angst. Kein Knut. Ich hab so fest zu dir gedacht und gehört, du machst dir viele Sorgen. Das war schlimm für uns gemeinsam."
„Du hast mich dort gehört?"
„Ja, sehr leise."

Knut streichelt ihn gerührt.
„Ich hatte schon immer Angst davor, dass du mit jemandem mit gehst."
„Bin ich nur mit ihr."
„Also höchste Zeit, dass wir dir eine Dame suchen!"
„Ich hab immer gewartet, ob du mich findest."
„Wo denn? Zwei Wochen warst du weg! Dann ruft zum Glück Ortwin an. Per Funk sagt er mir, er sitzt in der Bahn und sieht Fidefix dort mit einem jungen Mann!"
„Das ist ihr Freund. Der war auch sehr lieb zu mir."
„Ihr fahrt in Richtung zu unserem kleinen Bahnhof. Ich bin sofort mit dem Auto dorthin gerast. Und da seh ich auch

schon den jungen Mann mit dir auf der Treppe. Ich frag ihn, wie der Hund heißt? Lügt er einfach und sagt ‚Hundi.' So ein blöder Name!"
„Fidefix wissen sie ja nicht."
„Er hat sich zum Glück nicht gewehrt als ich ihm sein ‚Hundi' weggenommen habe!"
„Ich war so froh in deinem Arm."
„Aus lauter Glück hab ich ganz vergessen, mit dir zu schimpfen. Sowieso kann ich dir nie böse sein. W e n n ich schon mal schimpfe, machst du dich winzig klein und guckst drollig zu mir rauf, ich muss sofort lachen. Mit dir kann keiner wütend sein."
„Ich geh nicht mehr weg, Knut. Das hab ich gut verstanden. Musst nicht wieder traurig sein."
„Das wollen wir beide nicht."
Einen Moment lang sind sie beide ergriffen.
„Wenn wir gemeinsam nicht traurig sind -- ist das Liebe?"
„Ja, Fidefix, könnte man sagen."
„Gut. Brauch ich keine Hundedame!"
„Doch, doch, dann sind wir drei nicht traurig! Und für dreimal Liebe haben wir zu Hause reichlich Platz. Du musst nicht abhauen zu einer Dame. Wir holen sie uns ins Haus."
„Vielleicht auch nicht."
„Warum denn nicht?"
„Muss ich zweimal lieben, und du auch. Sie und du und ich!"
„Es gibt auch eine doppelte Liebe."
„Glaubst du, Knut?"

**

10.
Am nächsten Morgen ist die Hose getrocknet und Knut hat sich nicht erkältet!
„Kleiner, was machen wir heute? Wieder in die Stadt?"
„Fahren wir vielleicht zu Udo."

„Die Kinder sind leider jetzt in der Schule."
„Schade."
„Ach nein, stimmt gar nicht, heute ist Feiertag! Gut, wir fahren."

Fidefix besucht Udos große Familie sehr gerne. Manchmal bleibt er dort sogar für Tage und Wochen, wenn Knut mal verreisen muss mit dem Theater. Die Mama der Famiie ist Selma aus Brasilien. Sie haben fünf Kinder.

Einmal war die ganze Familie in einem Ferienhaus nahe bei Knut in Frankreich. Dort hatten sie Fidefix am Strand entdeckt. Alle fünf Kinder waren sofort begeistert, als sie erfahren haben, der Kleine lebt mit Knut in Hamburg, denn dort wohnen ja auch sie! Seither sind sie überglücklich ihn immer wieder mal bei sich im Haus zu haben. Und für Fidefix ist das immer ein fröhliches Wiedersehen, fast schon zu anstrengend, denn jeder dort will mit ihm spielen und alle wollen sie mit ihm spazieren. Heimlich nimmt ihn die kleine Malu sogar mit ins Bett, das ist natürlich besonders schön.

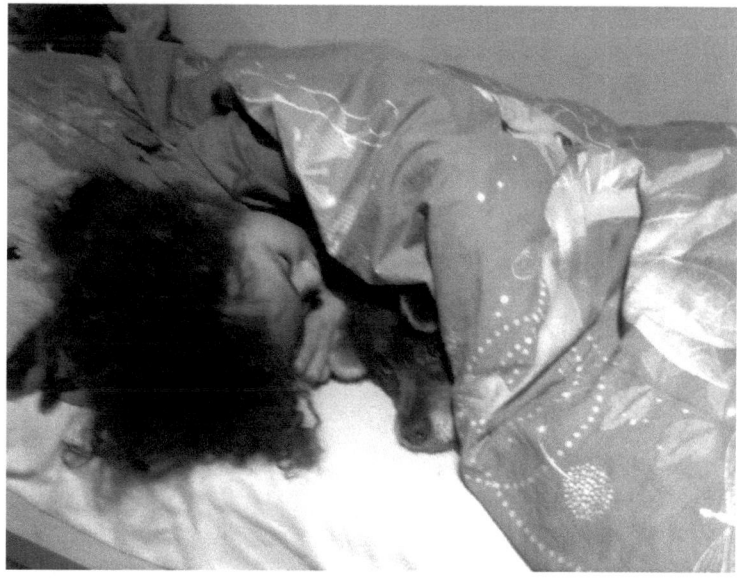

So steigt er also jetzt begeistert in Knuts Auto. Und wie sie dann mit großem „Hallo!" und fröhlicher Begrüßung bei Udo aussteigen, kommt schreiend Tim angelaufen!
„Ihr müsst kommen, ihr müsst sofort kommen!"
Udo versteht es als Erster und rennt sofort los.
„Was ist passiert?"
Alle rennen hinterher, natürlich auch Fidefix, er sogar fast am schnellsten.
Und im Laufen berichtet Tim beinahe weinend.
„Die sind sieben Jungs und zwei Mädchen, und alle tun sie der Katze weh!"
Udo mag es kaum glauben.
„Welcher Katze?"
Fidefix überlegt ganz kurz, ob er weiter rennen soll, nur für eine Katze!

„Die schreit und schreit und alle lachen!"
Da sind sie auch schon um das Haus herum und sehen sofort, dass eine Katze an einen Zaun gebunden ist, und Kinder werfen auf sie alle möglichen Sachen, dass sie in Panik schreit, auch blutet sie ein bisschen, offenbar hatte eines der Kinder einen Stein geworfen!

Noch im Rennen gibt Udo erste Anweisungen.
„Passt auf, dass die Jungs nicht wegrennen, haltet sie alle fest!"

Blitzschnell packt sich jeder einen Jungen, Udo und Knut sogar zwei. Patrick hat einen. Und John rennt zwei anderen hinterher und packt sie sich beide, weil er natürlich viel schneller ist, als sie. Er ist nämlich Fußballer und wälzt sich mit ihnen auf dem Rasen, hat sie beide fest im Griff, als sie zu dritt aufstehen. Auch Fidefix steht knurrend vor einem Mädchen, das nicht wagt, sich noch zu bewegen. Nur das zweite Mädchen ist weg. Und die Katze hat immer noch den Strick eng um ihren Bauch, macht Buckel und weiß nicht, was jetzt passiert. Klare Entscheidung von Udo.

„Ihr kommt alle mit zu uns ins Haus!"

Zwei Jungs versuchen sich kurz zu wehren, aber alle kennen Udo und haben Respekt vor ihm. Er weist die älteste Tochter Luanny mit Tim an, zunächst die Katze zu befreien, aber sie noch zu halten, auch wenn sie weiter in Panik sich wehrt und kratzt.
„Ihr müsst sie beruhigen und warten, bis sie euch vertraut!"

Alle andren folgen Udo in den Garten an seinem Haus.
„Setzt euch hier hin. Und wehe, einer versucht wegzulaufen. Ich kenn euch alle, ich sag es euren Eltern."

Fidefix beobachtet alles sehr genau. Patrick und John bleiben stehen und passen auf. Mama Selma kommt ahnungslos dazu.
„Oh, wie schön, so viele Kinder! Wer will was trinken?"
„Ja, Selma, bitte bring uns was. Aber d i e bekommen nichts!"
„Hey, habt ihr was angestellt?"
Schon beginnt Udos Verhör. Alle sitzen im Garten an einem Tisch.
„Wessen Idee war das?"

Fidefix findet die Aufregung völlig übertrieben.
„Alles wegen einer Katze! Die armen Jungs."
„Spinnst du? Hast du nicht gehört, wie sie geschrien hat?"
„Na und? Katzen schreien immer. Die wollen doch, dass man sie ärgert! Knut, was will Udo jetzt?"
„Wart es ab. Ich glaub, ich weiß es."
„Ich kann die Jungs ein bisschen beißen. Dann hauen sie ab."
„Genau d a s nicht!"

Inzwischen hat Selma genügend Gläser gebracht, nur die Übeltäter müssen zusehen, wie allen andren Saft serviert wird.

„Und ich, darf ich auch nichts trinken?!"

Knut schaut Fidefix erschrocken an, als hätten alle es gehört!
„Selma, hast du für Fidefix bitte auch etwas Wasser?"
Da läuft die kleine Malu sofort los, um Wasser für Fidefix zu holen. Tim wäre auch sofort für Fidefix gelaufen, aber noch ist er bei der Katze und beruhigt sie.

„Wem gehört das Seil an der Katze?"
Keine Antwort. Udo wartet.
„Ich krieg es sowieso raus. Ich muss nur jeden Vater fragen, ob ihm das Seil gehört? Also, wem?"
Eingeschüchtert gibt es ein Junge zu.
„Mir."
„Und du hast den andren gesagt, wir binden die Katze an den Zaun?"
„Wir zwei haben sie angebunden. Wir hatten beide die Idee. Eigentlich alle."

Jetzt mischt Knut sich ein.
„Ihr habt doch gehört, wie sie geschrien hat!"
„Katzen schreien immer."
„Die sind so. Und Katzen kratzen!"

Dem kann Fidefix nur zustimmen.
„Genau!"

Immerhin wehrt sich das Mädchen.
„Die ist eine ganz hässliche Katze. Und dreckig."
Udo wendet sich sofort dem Mädchen zu.
„Du hast doch auch eine Katze."
„Ja, meine wird immer geduscht."
Das ermutigt einen der Jungs.
„Die Dreckskatze gehört außerdem der alten Hexe."
Udo reagiert wütend.
„Wie dumm bist du denn? Frau Unger ist keine Hexe. Das ist eine sehr liebe Nachbarin. Und sie lebt ganz allein und hat als Freund nur diese eine Katze."

Da ist erst mal Stille.

Nur Fidefix denkt laut vor sich hin.
„Die Kinder sollen endlich was trinken!"
„Hör einfach zu!"

Udo hat eine kluge Idee.
„Also, w e n von euch binden wir jetzt hier an den Zaun?"
Alle sehen Udo entsetzt an.
Nur Knut nicht.
Fidefix ist empört.
„Spinnt der?"
„Guck doch zu!"

„Den Größten von Euch, oder den Kleinsten? Oder dich, du bist das einzige Mädchen."
Sofort tut sie so als weint sie.
„Aber ich bin nicht hässlich, wie die Katze..."
Wieder pflichtet ihr ein Junge bei.
„Und dreckig ist sie auch nicht."
Udo bleibt total cool.
„Aber sie kann bestimmt gut schreien. Damit wir alle prima lachen können."
Der Junge ist entsetzt.
„Ein Mädchen ist doch kein Tier!"
„Ach nein? Wo ist der Unterschied? Hauptsache sie schreit!"

Dem schließt sich Knut sofort an!
„Wir könnten ja auch deine frisch geduschte Katze holen."
„Das wäre auch eine Idee. Binden wir lieber dich an, oder deine Katze?"
„Gar keinen!"
Jetzt heult das Mädchen wütend los, versteckt aber das Gesicht auf dem Tisch -- damit keiner sieht, es fließen gar keine Tränen!

„Erst mal machen wir deine Katze schön dreckig, und dann

binden wir sie fest."
„Das macht ihr nicht! Meine Katze ist so süß. Mami duscht sie jede Woche. Und sie ist jetzt gar nicht zu Hause. Mami ist mit ihr zum Frisööör."
„Okay, dann einen von euch Jungs!"
„Wenn Sie mich anbinden, ruf ich meinen Vater! Der ist zu Hause."
„Ruf ihn doch! Jetzt gleich. Ruf ihn!"
Keiner ruft.

Das nutzt Knut zu einer Frage.
„Udo will wissen, warum euch die Katze nicht leid getan hat? Wenn wir einen von e u c h anbinden wollen, dann tut der euch sofort leid. Wenn die Katze schreit, dann lacht ihr."

Fidefix regt das Katzen-Theater gewaltig auf.
„Wenigstens hinterherrennen darf man bei Katzen."
„Nein, darf man nicht. Und das weißt du ganz genau. Und vergiss nicht, die Katze hat Krallen und kann sich gegen einen kleinen Hund heftig wehren."

Als ob das Mädchen dieses Argument gehört hätte, schaut sie auf mit trocknen Augen.
„Die Katze hat sich gar nicht gewehrt am Anfang."
„Ja, das war ganz einfach, die da anzubinden."
„Weil sie euch vertraut hat. Sie würde nie glauben, dass ihr so gemein seid."
„Och, Udo, was glaubt schon eine Katze!"
„Einfach doof ist die nur."
„Und dreckig."
„Warum duschst d u sie nicht jede Woche?"

Jetzt ist das Mädchen total baff über Udos verrückte Frage.

„Die Katze von der Hexe? Wieso ich denn?"
„Frau Unger ist zu alt, die kann sich nicht bücken. Früher war ihre Katze immer sehr sauber."

Da meldet sich der Kleinste unter ihnen.
„Dann soll die Hexe doch die Katze sauber zaubern."
„Gut, d i c h binden wir an den Baum. Und dann holen wir Frau Unger und erzählen ihr alles, damit sie dich verzaubert. Was willst du lieber sein? Ein Frosch? Ein Schwein? Ein gackerndes Huhn?"

Einige der Jungs lachen. Der Kleine weiß nicht, was er glauben soll.
Es bringt Knut auf eine Idee.
„Wenn wir euch beweisen, dass Tiere genau so schlau sind wie Menschen, würdet ihr uns glauben und dann keine Katze mehr quälen?"

Das gefällt Fidefix.
„Interessant."

Es überzeugt noch nicht die Kinder.
„Tiere sind Tiere. Und keine Menschen!"
„Und die Katze ist hässlich."
„Jedes Tier ist doofer als wir."

Knut hebt Fidefix auf seinen Schoss.
„Ist Fidefix hässlich? Ihr kennt ihn alle!"
Besonders das Mädchen mag Fidefix.
„Nein, d e r ist lieb. Und er ist ja auch keine Katze."
Freut sich Fidefix.
„Allerdings, i c h bin ein Hund!!"

„Aber er ist nur ein Tier. Und was sind Tiere?"
Das fragt Knut gezielt den einen Jungen.
Der antwortet bereits kleinlaut.
„Nur doof..."

Knut stellt Fidefix auf den Tisch, dass er alle Jungs und auch das Mädchen sehen kann.
„Ihr wißt, Fidefix versteht was ich ihm sage. Also, zeig uns

wer hat gesagt, wir binden die Katze an einen Baum? Einer allein, oder zwei? Schau dir die Kinder genau an."

Fidefix weiß noch nicht, was Knut will. Aber er findet es spannend. Und Knut hat das Geheimnis nicht verraten. Dass Fidefix ihn versteht, das glauben ihm die Kinder, aber dass auch Knut jetzt Fidefix versteht weiß natürlich keiner. Also muss Fidefix irgendwie zeigen, welcher Junge das war. Sowieso muss er sich erst alle hier genau ansehen. Bis er es bei einem spürt. Das sieht Fidefix ihm leicht am Gesicht an. Zu diesem Jungen geht er langsam auf dem Tisch und setzt sich vor ihn. Sitzt nur und schaut ihn an. Ausgerechnet d e r hatte gesagt, alle Tiere sind doof.

„Nur er allein? Und er hat sie auch allein angebunden? Vorhin hat er gesagt, es haben zwei die Katze angebunden. Zeig uns auch den anderen."

Fidefix bleibt vor diesem einen Jungen sitzen.

Knut fragt den Jungen.
„Ist das wahr? Warst du es alleine?
Der Junge nickt.

„Dann zeig uns noch was, Fidefix: wir haben alle gesehen, dass die Katze ein bisschen geblutet hat. Wer war das? Wer hat etwas auf die Katze geworfen, dass sie geblutet hat? Guck dir alle Kinder genau an."

Noch immer sitzt Fidefix mitten auf dem Tisch vor den Kindern. Und dann will er es fast selbst nicht glauben. -- Aber er geht zu dem Mädchen... und setzt sich auf dem Tisch vor sie hin.

Verblüfft fragt Knut das Mädchen.
„Hast du gewusst, dass die kleine Katze von deinem Stein blutet? Und es hat dir überhaupt nicht leid getan?"

Das Mädchen guckt nur Fidefix an und dann weint es still und echte Tränen. Legt aus Scham den Kopf wieder auf den Tisch.

Die Jungs sind total erstaunt.
„Wieso weiß der das?"
„Weil er ein Tier ist. Die Tiere kennen uns Menschen besser als wir die Tiere."

Damit löst Udo das Verhör auf.
„Jetzt könnt ihr Saft trinken. Und dann geht ihr nach Hause."

Plötzlich steht das Mädchen weinend auf und umarmt Fidefix. Er ist ganz verlegen. Aber scheint es sehr zu genießen. Umarmt von einem Mädchen!

„Übrigens – ihr könnt mal drüber nachdenken, wer morgen Frau Unger beim Einkauf im Supermarkt hilft, -- dass sie nicht ihre Tasche schleppen muss."
Knut unterstützt Udos Anregung.
„Und wenn du deine Katze duschst, ist bestimmt noch Shampoo für die hässliche Katze von Frau Unger übrig."

Das Mädchen nickt nur und streichelt Fidefix, der noch immer auf dem Tisch sitzt, wo er ja sonst niemals sitzen darf!

**

Am sonnigen Morgen wartet Knut hinter seinem Kaffeepott und schaut ab und an zur Küchentüre, dort liegt heute kein Fidefix.Trotz Knister-Tüte, also knistert Knut jetzt besonders deutlich. Kurz darauf erscheint endlich der Kleine, aber nicht so eilig wie sonst, gar nicht hungrig, er gähnt sogar.
„Interessant bei Udo. Ich hab von den Kindern geträumt!"
„Auch über Hunde u n d Katzen nachgedacht...?"

„Katzen sind mir egal."
„Die darf jeder quälen?"
„Nein, nein, das hab ich ja verstanden. Tier ist Tier, Katze oder Hund, das weiß ich doch! Aber Katzen mag ich keine."
„Dann mögen die dich auch nicht."
„Nein?"

Knut fängt spontan an zu singen hinter seinem Kaffeepott.
„Alle lieben Fidefix --- außer Katzen, die ihn kratzen! – Na, wär das nicht ein toller Songtext?"
„Gar nicht. Weiß doch jeder, Knut, Hunde können keine Katzen leiden."
„Nicht alle Hunde!"
„Wie, nicht alle?"
„Bei Freunden von mir leben ein Hund und eine Katze sehr lieb zusammen in einer Wohnung. Die schlafen auf dem selben Sofa. Und dort liegen sie besonders nah zusammen wenn es mal kalt ist!"
„Vielleicht ist er ein hässlicher Hund. Und der friert immer. Keine Hunde-Dame mag ihn. Dann ist er auch mit einer ollen Katze zufrieden."
„Nein, ich glaube, er ist nur ein bisschen intelligenter als du."
„Gibt's gar nicht."
„Vielleicht bist du sogar besonders katzen-doof."
„Ich mag die nicht."
„Also dürfen Jungs alle Katzen quälen, weil sie die nicht mögen? – Und wenn die Jungs das endlich langweilig finden, dann quälen sie vielleicht einen Hund! Einen ganz kleinen, der fast verhungert an einen Busch gebunden ist. Wo die Sonne furchtbar brennt. Und der kleine Hund so großen Durst hat. Nur, weil später ein Mädchen zu ihm kommt und ihn zu einer sehr lieben Frau trägt, nur deshalb l e b t dieser Hund heute noch."

„...der kleine Fidefix."
„Ja,... der kleine Fidefix! Zum Glück hatte das Mädchen ihn lieb. Und jetzt sag ich dir etwas: dieses Mädchen hätte auch

eine Katze losgebunden! Verstehst du das? Für sie wäre das kein Unterschied!"
„-- Gehen wir jetzt spazieren?"
„Meinetwegen. Du regst mich sowieso auf, ich brauch frische Luft."

**

Später, beim Spazieren im Park.

„Du, Knut ...?!"
„Ja...?"
„Ich kann was nicht vergessen."
„Erzähl."
„Warum umarmt mich das Mädchen auf einmal?"
„Wie meinst du das?"
„Gibt es Gefühle, die ganz anders echt sind?"
„Das ist eine spannende Frage."
„Wie sie vorher geweint hat bei Udo, das war ein bisschen Schauspielerin. Und... auf einmal war ihr alles ganz egal. Sie hat mich nur umarmt. Das hab ich schön gefühlt."

Sie spazieren eine Weile.

„Du, Knut....?!"
„Ja...?
„Im Theater in der Garderobe, da höre ich euch aus diesem Ding oben an der Wand."
„Aus dem Lautsprecher."
„Ja, da hör ich, was ihr so spielt auf der Bühne. Ist das immer echt fühlen?"
„So genau hörst du uns zu? Auf der Bühne ist das etwas verrückt, weißt du. Ich muss alles ganz ehrlich fühlen, aber in dem Moment muss ich auch genau wissen, was ich mache."
„Geht das? Fühlen und wissen und machen?"
„Wer das nicht kann, ist kein Schauspieler."

„Weiß ich nicht, ob ich einer sein möchte."
„Es ist trotzdem schön. Wie erklär ich das? Also. Wenn du dich freust, dann ist das ein schönes Gefühl..."
„Sowieso immer."
„Freuen übers Wiedersehen. Über eine Wurst."
„Sehr schönes Freuen."
„So ist Theater. Ich kann eine superschöne Freude spielen. Auch für die Zuschauer. Weil sie dann ganz still sind. Oder lachen. Oder auch weinen. Das spürt der Schauspieler. Das macht sein Gefühl nur noch viel schöner. Aber er muss trotzdem ganz klar wissen, was er spielt und wie jetzt im Spielen alles weitergeht. Das hat er vorher geprobt. Er spielt bewusst für alle, die ihm zuschauen!"
„Das Mädchen denkt das nicht. Auch nicht, ob alle sie sehen wie sie mich umarmt. Gar nicht wie deine Bühne."
„Hat sie was zu dir gesagt beim Umarmen?"
„Nein, nichts. Und sie weint auch nicht mehr. Hält mich nur. Schade, ich wär viel länger so geblieben mit ihr, ganz still."
„Liebst du das Mädchen?"
„Sie hat doch ihre Katze! Will i c h jede Woche duschen? Nein, will ich nicht -- aber so ein Umarmen... "
„Das besondere Gefühl?"
„Ja, das besondere. Das ist ein schönes Wort."

**

11.
Wieder ein Grund am nächsten Morgen sich über die Einsamkeit des Kleinen neue Sorgen zu machen. Ist es nicht allzu egoistisch ihn nur für Knut allein zu haben, ohne eine feste Hunde-Freundin? Was entbehrt er und weiß es gar nicht? Hunde sind geschaffen im Rudel zu leben, nicht alleine. Wobei sie sich offenbar angewöhnen alle Mitglieder einer Familie als ihr Rudel zu betrachten, egal ob Hund,

Mensch oder Kinder. Das kann jeder gut beobachten. Gehen mal mehrere Menschen zugleich spazieren, achtet der Hund immer aufmerksam darauf dass alle beisammen bleiben. Und trennt sich die Gruppe ab einem Moment, steht ihr Hund ratlos und weiß nicht wem er folgen soll. Das ist meist sehr rührend anzusehen.
Schon seit Jahren haben Knut und Fidefix dieses Problem nicht. Da gibt es keine Familie. Ab und an mal Besucher. Der Kleine lebt im kleinsten Rudel, nämlich nur sie beide. Ist das gut?

„Lass uns doch einfach mal nachschauen im Tierheim, vielleicht entdeckst du eine sehr nette Dame, und du machst sie glücklich, dass sie hier mit uns gemeinsam im gemütlichen Haus wohnen kann. Statt im Heim nur in einer Zelle ganz allein."
„Was'n das… eine Zelle?"
„Na ja, da übertreibe ich natürlich, Tierheime sind ja keine Gefängnisse, aber wirklich frei lebt kein Hund dort, und viel Platz haben sie nicht für alle."
„Knut, willst du nicht in ein Heim, weil da so Zellen sind?"
„Ach, wenn einer sehr alt geworden ist, will er gar nicht mehr viel rumlaufen, der fühlt sich wohl in einem kleinen Zuhause. Manche Alte verlassen nicht mal mehr ihr Bett. Aber im Tierheim sind die meisten Hunde nicht alt. Du könntest dort eine jüngere, fröhliche Dame finden, die gerne mit Dir im Garten tobt."
„Bloß nicht so eine! Die toben viel zu rennerig auf der Wiese rum!"
„Rennerig ist ein schönes Wort, das du da erfunden hast."
„Denkst du das nicht?"
„Nein, nie gehört. Aber lustig. Hast du Spaß daran, dir Wörter auszudenken?"
„Ich denk nur so für mich. Und jüngere Damen, das kenn ich…, die wollen dauernd spielen. Und dann haben sie andauernd Hunger!"
„Sie bekommt von mir ihre eigene Schüssel!"

„Dann macht sie ihre und meine leer!"
„Komm, lass uns einfach mal in so ein Heim fahren."
„Nein, da muss ich erst noch nachdenken. Nicht schon jetzt. Ist die bei uns im Haus, dann bleibt sie nämlich! – Aber wir kennen sie vorher gar nicht."
„Das wusste ich doch bei dir auch nicht. Ich hab dich gesehen und mich für dich sofort entschieden."
„Ich treff genug Damen auf der Wiese und auch immer welche auf der Straße. Und gut so!"
„Na ja, aber... die Liebe?"
„Für so viele Damen? Für die zuhause und die auf der Wiese?"

Oh je, da hat sich Knut auf ein Thema eingelassen. Wie soll ich einem Hund erklären, was wir Menschen unter Liebe verstehen? Wenn wir selbst sogar vollkommen falsche Ideen davon haben!
„Du hast mich gefragt, wie echt ich fühle beim Theaterspielen. Und ich frag dich, was fühlst du, wenn du an Knut denkst. Zum Beispiel als ich weg war und du bei den alten Nachbarn. Wie war das in den Tagen?"
„Beim Fühlen?"
„Na ja, wie du bei ihnen warst, und ich war krank."
„Hab ich ganz viel zu dir hin gedacht."
„Aha. Und wenn du dir jetzt eine Hundedame vorstellst, mit der du hier jeden Tag zusammen bist, die sehr nett ist und auch nicht alles futtert was in deiner Schüssel ist, die gern mit dir im Garten rennt, sich aber auch gern dort alleine sonnt, oder dich liebt und gern mit dir auf einem Kissen..."
„Zwei auf einem Kissen, das soll bequem sein?"
„Nachts liegst du schön warm mit ihr."
„Alle meine Kissen sind schön warm. 'Ich leg sie extra alle vor die Heizung' sagst du immer. Sowieso lieg ich gern alleine."
„Genau das ist keine Liebe!"
„Nein?"
„Wenn du eine Hundedame liebst, dann ist es dir eine

Freude, sie auf dein Kissen einzuladen."
„Mein Kissen? Und ich lieg auf dem Teppich?!"
„Nur auf e i n Kissen, nicht gleich alle."
„Lass ich ihr eins, will sie alle! Die wollen alles!"
„Du kennst dich ja aus. Sind Hunde genau so gierig wie viele Menschen?"
„Wenn auf der Wiese einer was kriegt – kämpfen sie alle. Oder wenn einer was gefunden hat – wollen es alle!"
„Du doch dann auch, oder?"
„Nein. Ich bin ja immer satt mit dir, das hab ich ganz klein sofort verstanden. Ich beiß mich nicht mit den andern! Da geh ich gleich weit weg von denen."
„Wenn du aber in dem Moment auch Hunger hättest?"
„Für den Hunger hab ich immer dich."
„Aber manchmal liegst du hier allein, ich hab was zu tun, vielleicht schreib ich endlich mein Buch, dann sitz ich viele Stunden stur am Computer und dann ist es schön, mit einer netten Dame sich prima zu unterhalten."
„Und wenn ich müde bin, ist die dann still?"
"Sag ihr ‚Liebling, ich bin jetzt müde, sei so lieb und lass mich schlafen'."
„Ist sie dann nicht ruhig, ist es keine Liebe!"
„Ja, zum Beispiel."
„Dann bringen wir sie zurück ins Heim?"
„Erst mal gibst du ihr eine Chance, oder?"
„Weiß nicht, was das ist, eine Schanze."
„Oh je, da müsste ich jetzt übers Glück mit dir philosophieren, das wird mir heute früh zu anstrengend. Wollen wir nicht erst mal was unternehmen?"

Fidefix springt sofort auf.
„Ja, fahren wir?"
„Ins Tierheim?"

Der Kleine legt sich sofort wieder.
„Fällt dir nur sowas ein? In der Stadt kann ich viele Hunde treffen, da können wir überall nach Damen gucken! Nicht im

Heim..."
„Wieso denn nicht? Die warten auf dich. Die weinen!"
„Erst weint sie da schön -- dann ärgert die mich hier."
„Denk drüber nach! Ich mach mir große Sorgen, dass du viel zu viel alleine bist."
„Willst du wieder weg, -- ohne mich, für immer...?"

Knut war gerade dabei, sich seine Jacke anzuziehen, steht vor dem Spiegel und schaut sich selbst erschrocken an.
„Weggehen allein will ich doch gar nicht."

Eine Weile ist Stille.

„Knut, denk nicht viel über Fidefix. Sitzt du mit deinem Computer, lieg ich bequem auf meinem Kissen allein..."
„Also, darüber denken wir beide noch, ja? Du weißt nicht richtig, was Liebe zu einer Dame bedeutet. So alt du bist, so wenig hast du davon verstanden."
„Kannst du mir ja denken, was es bedeutet."
„Mit viel Geduld, ja. Oder vielleicht zeigt es dir eine Dame! Das werd ich eines Tages hoffentlich noch erleben, wie dich die Liebe packt."
„Die packt mich?"
„Wirst du sehen, das geht ganz plötzlich."
„Eine Dame packt mich?"
„Hast du das noch nie gewollt? Die eine und keine andere?"
„Gibt nur Knut, -- keine andere."
„Bin ich eine Dame? Du hast wirklich keine Ahnung! Wir suchen die jetzt mal!"
„Also gut. Du kannst ja gucken!"

Mit dieser Vereinbarung steigen sie ins Auto, ohne ein genaues Ziel für heute. Mal sehen, was ihnen unterwegs begegnen wird.

**

12.
Sie sind noch gar nicht weit gefahren, immerhin schon in belebten übersichtlichen Straßen, als Fidefix plötzlich zu Knut hin denkt.
„Kannst du sofort anhalten?"
Knut tritt besorgt auf die Bremse.
„Ist dir schlecht?"
„Der Mann da draußen, der will was klauen."
Und tatsächlich, genau in dem Moment als Knut die Situation dort erfasst, sieht er eine ältere Frau, die ihre lederne Einkaufstasche neben sich abgestellt hatte um ihre Haustüre aufzuschließen, hinter ihr bückt sich unbemerkt ein Mann, greift die Tasche und geht davon.
„Das ist ja dreist. Und du weißt plötzlich doch, was Klauen ist!"
Es dauerte eine Weile, bis die Frau ihre Türe offen hatte, sie bückt sich wie gewohnt zu ihrer Tasche und begreift nur langsam, jemand hat ihr die gestohlen. Knut behielt den Dieb im Auge, der ohne Hast nun schon weit genug von der alten Frau entfernt ist.
„Den holen wir uns."
Schon fährt Knut ihm langsam hinterher.
„Pass du auf, der ist ein großer Mann."
„Das bin ich auch."
„Nicht wie der!"

Der Dieb hat eine größere Wiese erreicht und überquert sie.
„Da kann ich nicht fahren. Los, wir müssen raus."
„Pass lieber auf, wie willst du den fangen?"
„Palaver nicht, komm mit!"
Sie folgen dem Fremden über die Wiese, er ist fast verschwunden, denn die fällt dort hinten ziemlich steil ab. Sobald sie die Höhe erreichen, können sie gerade noch erkennen, dass der Kerl dort unter einer Brücke verschwindet.
„Komm, der wohnt da!"

„Ich geh nicht mit, ich kann hier warten."
„Erst Alarm und dann zu feige, was?"
Knut geht furchtlos den Abhang hinunter, Fidefix folgt ihm und hält sich vorsichtig in Deckung, in jeder Sekunde bereit zur Flucht.
„Wieso wohnt der nicht in seinem Haus?"
„Gibt Menschen, die wohnen draußen. Arme Kerle!"
„Hat er bestimmt Hunger! Gehen wir zurück zum Auto!"
„Und die alte Dame, die er beklaut hat? Die braucht ihre Tasche."
„Aber er ist groß und hat bestimmt s e h r großen Hunger...!"
„Das werden wir schon regeln! -- Wo ist der jetzt verschwunden? Siehst du ihn?"
„Riecht hier nach viel Wasser."
„Wir gehen leise bis zur Brücke."
„Knut... -- hast du auch Angst?"
„Doch nicht mit einem großen Hund neben mir."
„Ich bin der Kleine, sagst du immer. -- -- Ich bin echt klein!"
„Du Feigling, du kommst jetzt mit unter die Brücke!"
„Ich kann hier aufpassen. Vielleicht läuft er weg, dann renn ich hinterher...!"
„Der läuft nicht weg, der wohnt hier. Jetzt komm!"
„Lieber sitzen wir beide zu Hause...!"

Knut bleibt nicht stehen, da kann Fidefix jammern so viel er will. Vorsichtig schleichen sie sich runter zum Wasser und ducken sich ins Gras, denn von hier aus sehen sie den Mann. Er hat unter der Brücke noch andere Sachen. Gerade packt er langsam die Tasche aus.
„Der hat wirklich Hunger. Guck mal, macht das auf und gleich in den Mund!"
„Tut er dir leid, Kleiner?"
„Ja, tut mir leid."
„Leidtun ist auch Moral. Aber klauen darf er nicht."
Knut steht plötzlich auf.
„Bleib sitzen, er sieht dich!"
Knut geht langsam zu dem Mann. Der erschrickt sich nicht

und isst ruhig weiter aus der geklauten Tasche. Fidefix will Knut natürlich nicht allein lassen, macht sich aber noch kleiner als er schon ist und duckt sich dicht hinter ihn.

„Guten Appetit!"
„Danke."
„Schläfst du hier?"
„Meistens."
„Wird irgendwann zu kalt sein."
„Mein Schlafsack reicht. Lustiger Hund, den du hast. Wie heißt der?"
Und tatsächlich hält der Mann etwas Leckeres für Fidefix hin, sofort bereit mit dem Kleinen zu teilen. Und der will es sofort annehmen. Was Geklautes, klar, daran denkt Fidefix nicht im Moment.
„Er heißt Fidefix. -- Brauchst du die Tasche?"
„Wieso, die Tasche?"
„Ich möcht gern Pilze sammeln, drüben im Wald. Hab meine Tasche leider vergessen. Ich kauf sie dir ab."
„Kann ich dir schenken."
„Sag mir, was sie kostet."
„Mir egal. Wenn du unbedingt willst, gib mir irgendwas. Ich muss sie aber erst leer machen."
Und staunend schaut Fidefix zu, was der Mann alles aus der Tasche packt. Sogar eine dicke Wurst ist dabei, und gleich tropft Fidefix das Wasser aus dem Mund. Knut sieht es sofort.
„Lass ja die Wurst liegen!"
„Frag ihn, -- er teilt mir was."
„Die Wurst ist geklaut! Du hast null Moral, weißt du das?"
„Wurst ist auch Woral?"
„Nicht W wie W-urst. M-oral."
„Kenn ich die?"
„Frag mich später!"

Knut hält dem Mann einen Geldschein hin.
„Den kann ich nicht wechseln."

„Ist schon gut. Gib mir die Tasche."
„Ganzen Schein für die alte Tasche. Stimmt was nicht bei dir?"
„Wieso? -- Stimmt was nicht mit der Tasche?"
„Ich schenk sie dir." Knut nimmt die Tasche.
„Und ich schenk dir das Geld. Kauf dir was Warmes zum Anziehen."
„ -- Danke... Na, Kleiner, du riechst die Wurst, was? Ich schneid dir ein Stück ab!"
„Sehr nett von dir, aber Fidefix frisst keine Wurst. Er ist Vegetarier."
„Das hab ich ja noch nie gehört. Bist du was Besonderes? Ein Hund als Vegetarier... Was seid denn ihr Zwei für Käuze?"
„Knut... Wurst ist nix für Fidefix?! Spinnst du?"
„Komm schon, wir gehen! -- Schönen Tag noch."
„Meine Wurst!"
„Wir fahren zum Supermarkt und kaufen alles neu."
„Hier liegt sie doch, die Wurst!"
„Guck nicht dauernd zurück! Das macht ihn misstrauisch -- ich kauf dir ein Stück Wurst im Supermarkt. Und ich kauf genügend Sachen für Omas Tasche. Dann klingeln wir bei ihr. -- Kannst du wieder ihre Türe finden?"
„Ja, weiß ich. Klaust du eine dicke Wurst für die Tasche und auch eine kleine für Fidefix?"
„Nein, nix wird geklaut! Ich kauf das! Vielleicht gibt die Oma dir was ab! Eine geklaute Wurst darf nur der arme Mann unter der Brücke essen."
„Braucht der keine Moral?"

**

Wieder gemütlich zu Hause im Sessel vorm Kamin.
„Nicht einschlafen! Klauen und Moral willst du mir erklären."
„Hast du gesehen, wie die alte Dame sich gefreut hat über uns? Dass wir ihre Tasche zurückbringen! Wieder ganz voll aus dem Supermarkt. Moral schenkt Freude."
„Erst hat sie die Türe ganz klein aufgemacht -- mit viel

Angst."

„Weil sie noch geschockt war, gerade vorher hatte einer sie beklaut. Und jetzt stehen wir beide vor der Tür, ein Mann, den sie nicht kennt. Auch noch mit einem großen Hund, -- vielleicht noch einer, der klaut!"

„Gar nicht wahr! Wie sie mich sieht, macht sie die Türe weit auf. ‚Der ist ja süß, der Kleine!' Du sagst ‚Hier ist Ihre Tasche!' Aber erst mal streichelt sie Fidefix."

„Weißt du, dass in einer Seitentasche ihr Portemonnaie drin war?"

„Ihr was'n das soll das sein?"

„Portemonnaie ist eine kleine Tasche fürs Geld. Zum Glück hatte der Mann es gar nicht entdeckt. Ich auch nicht. Sie hat mir's dann gezeigt. Ihr Geld für die ganze Woche hatte sich die alte Dame von der Bank geholt."

„Braucht jeder Geld? Ich denk nur du!"

„Das braucht jeder, der nicht klauen will."

„Alle klauen mit Geld. Du gehst rein, deine Tüte ist leer, du kommst raus, ist sie voll. Liegt da alles so rum wie im Wald...?"

„Supermarkt ist kein Wald, wo sich jeder nimmt was er braucht. Das sieht für dich so aus. Ja, ja, wär schön, alles liegt da für alle, -- jeder nimmt sich was? Geht leider nicht."

„Nein?"

„Also, pass auf Kleiner: ein Hund hat einen Knochen in der Erde verbuddelt, und er gräbt den aus."

„Läuft mir gleich das Wasser!"

„Gibt er ihn dir?"

„-- Für Geld gibt er den?"

„Na endlich hast du's kapiert. Aber Hunde kennen kein Geld. Und deshalb will auch keiner teilen. Du willst deine Schüssel für dich ganz allein."

„Knochen sind kein Geld?"

„Nein, Geld ist aus Papier, und du kannst damit alles tauschen."

„Was'n das... tauschen?"

„Ich geb dir was - du gibst mir was."

„Gibt's du mir einen schönen faulen Knochen?"
„Erst mal musst du mir auch was geben."
„Ich klau was für dich."
„Nein! Klauen ist gemein. Du hast gesehen, wie glücklich die alte Dame war, als sie alles zurück hatte."
„Was du für sie mit Geld geklaut hast. -- Sie gibt dir einen stinkenden Kaffee dafür."
„Für mich ist das ein duftender Kaffee! Nur für dich stinkt der!"
„Für mich duften faule Knochen."
„D i e stinken!"
„Sagst du!"
„Schlepp ja keinen faulen Knochen in die Wohnung!"
„Du darfst Kaffee! Und ich darf Knochen!"
„Wehe, du schleppst einen ins Haus! Und die alte Dame hat mir einen Kaffee dankbar spendiert."
„Für ein Geld?"
„Natürlich nicht."
„Also doch geklaut!"
„Oh je, das mit der Moral ist für dich vielleicht zu kompliziert. Oder bist du jetzt einfach nur müde?"
„Nein, ich versteh alles. Die Oma tauscht deinen Kaffee für ihre Tasche..."
Und schon ist Fidefix eingeschlafen nach anstrengender Moral-Diskussion am Abend. Knut betrachtet schmunzelnd seinen kleinen Freund wohlig ausgestreckt auf einem weichen Kissen -- bequem und noch immer nur für sich ganz alleine.

**

13.
Abends blieb Knut nun doch wieder lange wach, hatte noch Nachrichten im Fernsehen angeschaut und am Ende die Wetterkarte. Sie kündigte Sonne für den nächsten Tag an!

Also ist er heute sehr früh wach und fest entschlossen am heiteren Morgen den besonderen Waldspaziergang zu wagen.

Einmal heute will er es wie früher erleben! Konnte er denn hoffen noch immer federleicht über Waldpfade zu rennen, aus purer Freude und frei? Es ist so viele Jahre her, dass er diesen Spaß entdeckt hatte…

Lockend scheint die Sonne durchs Fenster. Und Fidefix ist sofort wach, als er Knut munter in der Küche hantieren hört. Kaffee-Duft und knisternd eine leckere Morgengabe. Dann geht Knut in den Garten, um sich zu vergewissern, dass der Himmel den ganzen Tag über blau bleiben wird. Es sieht gut aus, die Sonne lockt.

Nur Hemd und Short zieht er an, und ganz leichte Schuhe, ohne Socken. Schon wartet Fidefix begeistert an der Türe.

„Findest du nicht, dass ich ein alter Idiot bin, einen Waldlauf noch zu wagen?"

„Im Wald ist ein Idiot?"

„Ich alter Esel will dort barfuß rumrennen!"

„Hast aber Schuhe angezogen!"

„Wenn ich ohne Schuhe in Sommerhemd und kurzer Hose im Auto fahre und die Polizei kontrolliert, dann bringen die mich sofort ins Heim, mein Kleiner."

„Im Heim brauchst du keine Schuhe?"

„Von wegen! Da darfst du gar nix mehr! Ende der Freiheit!"

„Was'n das ist d a s denn… Freiheit?"

„Freie nackte Füße, das ist Freiheit!"

Klingt sehr entschlossen, wie Knut es verkündet. Mutig sowieso. Aber natürlich steigt er in Schuhen ins Auto. Und er sucht lange einen Wald, der ihm geeignet scheint. Ein paarmal parkt er, fährt aber doch noch eine Strecke weiter. Bis es ihm dann endlich einsam genug ist Auch hat er vom Waldrand aus einen kleinen Pfad in den relativ lichten Wald entdeckt. Also parkt er genau hier das Auto. Fidefix rennt sofort den Pfad hinein, muss sich nicht erst Mut machen für eine Rückkehr ins Paradies.

Knut lauscht unsicher, schaut um sich, steht an die offene Wagentüre gelehnt, als ob er Halt braucht. Dann gibt er sich einen Ruck, streift die leichten Schuhe ab, lässt sie dort vorm

Auto auf dem Boden... schaut sich prüfend um und folgt dann Fidefix auf dem weichen Pfad. Einzelne Sonnenstrahlen treffen ihn durchs lichte Geäst. Einladend sonnige Inseln ab und an, er bleibt kurz stehen und wärmt sich. Auch seinen Mut wärmt er in der Sonne. Es ist still um ihn herum, der modrige Waldboden duftet, fühlt sich warm und weich an unter seinen nackten Füßen. Ihm alles eine sehr ferne Erinnerung...

Dann findet er eine lauschige Stelle, genügend Sonne fällt auf einen vor Jahren umgestürzten Baum. Dort setzt sich Knut auf den modrigen Stamm, hält das Gesicht zum Licht hinauf, hält seine Augen träumend geschlossen. Und tatsächlich sieht er, als er sie wieder zu öffnen wagt, nicht weit entfernt einige Jungs zwischen den Bäumen laufen, lauschend innehalten, dann wieder rennen wie junges Wild. Einige wie er selbst in kurzen Shorts barfuß, andere haben die leichten Sommerhosen an den Beinen ein wenig hochgekrempelt. Er sieht sie alle so deutlich, als wäre er dort mit ihnen. Und weiß doch, es ist nur wach geträumt. Er sieht sich selbst, er ist jener Junge, der plötzlich stehen bleibt, die andren laufen lässt und jetzt zu ihm schaut. Knut sieht sich selbst und jung dort, statt hier ängstlich und zu alt für wildes federleichtes Rennen! Lächelnd schließt er wieder die Augen.

So spielt er das eine ganze Weile. Und bemerkt schließlich Fidefix sitzt nicht weit von ihm, beobachtet ihn besorgt. 'Was ist mit Knut? Was sieht er, was fühlt er? Warum rennt er nicht hier in den Wald? Und seine Gedanken sind so weit fort' ...der Kleine kann sie kaum noch hören. Nur ein Rauschen dort im alten Kopf, wie im Wind segelnd und nur kurz aufliegend jung für eine kleine Spanne.

Knut erhebt sich schwerfällig, geht sehr langsam zurück zum Auto! Setzt sich hinein bei offener Türe, beugt sich heraus und hebt im Sitzen die Schuhe draußen zu sich ins Auto, hält sie in den Händen. Sieht dann, dass Fidefix ihm wie immer aufmerksam gefolgt war. Also öffnet Knut die hintere Wagentüre, setzt sich dann auch selbst wieder ins Auto, die Türen geschlossen. Er möchte gerne noch verweilen. Seine Schuhe liegen neben ihm auf dem Sitz. Er öffnet das Fenster, hebt das Gesicht zur noch immer lockenden Sonne, lauscht hinüber zum Wald, atmet sehnsüchtig die feuchte Luft und lächelt traurig. Dann startet er den Motor und fährt barfuß los.

„Ich war so gern verrückt früher, immer mittenrein ins volle Leben, weißt du -- jetzt schau ich nur noch zu. Alles schon gewesen --, was soll mich jetzt noch überraschen?"
Fast sind sie schon wieder zu Hause, zögernd rollt der Wagen die vertraute Straße entlang.
„Nur mein kleiner Fidefix freut sich auf Abenteuer, oder?"
„Immer machen wir die gemeinsam, Knut."
„Vielleicht bald nicht mehr. Muss schwer aufpassen mich nicht selbst zu überholen. Sonst hab ich mein Leben hinter mir."
„Gehst du langsam -- überholst du nicht!"
„Nee, Fidefix – geh ich mit Tempo...!!"
Sagt Knut und gibt plötzlich Gas, wendet! Ignoriert jedes Limit. Rast jetzt zurück, rast wieder den sandigen Weg am Wald entlang wie ein Ralley-Fahrer, steigt aus, noch immer barfuß rennt er ab in den Wald! Und Fidefix sitzt verblüfft auf der Rückbank, schaut dem Alten hinterher. Der hat die vordere Türe offen stehen lassen. Also klettert vorsichtig Fidefix über den Vordersitz und saust nun auch den weichen Waldpfad entlang, fast ohne Chance diesen wilden Knut weit vorne einzuholen.

So rennen sie beide bis zu einer Wiese, atemlos lässt Knut sich fallen, Fidefix bei ihm, beide übermütig unter einem wolkenlosen Himmel. Listig lustig blinzelt der alte Mann hinauf zur Sonne – voll fröhlicher Energie wonnig zurück im Leben.

**

Viel später biegt sein Auto nun wieder in die kleine Straße zurück zum Haus, laut dröhnt Musik aus dem offenen Vorderfenster, Knuts Arm ist dort lässig aufgestützt. Die Altchen im Nachbargarten schrecken auf, sie sehen seinen Wagen kommen und vor der Einfahrt parken, Knut steigt aus… winkt fröhlich mit den Schuhen in den Händen, die Nachbarn winken zurück, schauen sich an und gehen amüsiert ins Haus. Und sind womöglich nicht die einzigen, die Knut beobachten. Er bleibt noch bis zum kühlen Abend munter im Garten.

**

Auch wenn er später ausgekühlt mit Schal und Pullover wollig eingepackt fröstlich auf seinem Sofa hockt, Glühwein schlürfend. Besorgt beobachtet von Fidefix.
„Nee, nee, das lassen wir uns nicht bieten, gleich ne Erkältung zur Strafe! Wir sind nur etwas aus dem Training, was? – Paar Stunden waren wir im Wald!"
Sagt er und muss heftig niesen. Ganz egal…
„Das muss ich nur wieder öfter machen, mein Kleiner. Und wir zwei beide gemeinsam, was?"

Fidefix legt sich beruhigt zu ihm. Reagiert nicht mal aufs nächste Niesen. Knut nippt trotzig am dampfenden Wein.
„Als ich das erste Mal barfuß in hohem Schnee gelaufen bin, das kann ich dir sagen, ich war sicher, es gibt ne Lungenentzündung. Und nix kam! Da war ich dreißig. Schon längst kein Knabe mehr….!"

Also schlürft er trotzig seinen Glühwein und legt sogar den Schal ab. Nur den. Verzichtet vorsichtshalber nicht auf den Pullover. Aber lange war ihm nicht mehr so wohl in seiner Haut. Wieso hat er sich nicht längst schon wieder mal getraut wild durch den Wald zu rennen? Er schlürft schmunzelnd.
Fidefix überrascht mit einer Frage.

„Wenn du so lustig bist, hör ich, du denkst noch was andres in dir drin."
„Wo in mir drin?"
„Weiß ich nicht. Ganz weit weg hör ich das."
„In mir?"
„Ja, manchmal auch bisschen lauter. Ganz kurz. Du willst es nämlich nicht."
„Und ich denk es weg?"
„Ich seh dein lustiges Gesicht, da bleibt noch was. Nicht nur lustig."
„Hörst es nicht, aber siehst es?"
„Ja, sowas siehst du auch bei mir."
„Oh ja, manchmal kannst du kleiner Kerl mich furchtbar traurig anschauen. -- Oder seit Neuestem willst du nicht sofort aufstehen wenn ich dich rufe. Das war früher anders."
„Traurig sein, das kenn ich schon immer."
„Schon ganz klein am Busch?"
„Keinmal bei dir auf deinem Bauch."
„Dort liegst du und hörst manchmal etwas tief in mir?"
„Nicht im Bauch. Woanders."
„Wo denn?"
„Weißt du das nicht?"

Knut antwortet nicht sofort. Er hat ja inzwischen gelernt auch nur zu sich selbst zu denken. Und er hat sofort verstanden, was der Kleine denkt. Ein dunkles Feld, das Knut nicht gern beleuchtet. Und jetzt erfährt er, Fidefix weiß davon! Vielleicht mit ihm gemeinsam kann er dort hinhören?
„Ja, Kleiner, das ist wahr. -- Mir tut manchmal was weh wenn ich lustig bin. Ich weiß nicht was."
„So hör ich das."
„Hörst du dann in mir Wörter?"
„Nein, da denkst du sehr viel zu leise."
„Ich versteh es selbst nicht genau. Etwas tut weh, ich weiß nicht warum."
„Hunger tut auch weh, wenn du mich vergisst."
„Ja, stimmt, tut mir immer leid! Bin manchmal so beschäftigt,

schau nicht auf die Uhr und vergesse dir pünktlich was in die Schüssel zu geben. Manchmal gehst du dann zur leeren Schüssel und leckst sie aus. Das klappert auf dem Steinboden und du weißt genau, gleich komm ich zu dir und entschuldige mich!"

„Du klapperst auch in dir, manchmal. Nachts werd ich wach, und du sitzt im Bett."

„Vielleicht klappert dann der Wind draußen an den Fensterläden? Wenn im Wind was klappert, das kennst du nämlich nicht, du denkst dann immer, da draußen ist jemand! Find ich lustig."

„In dir hör ich es nicht lustig."

Wieder koppelt Knut sich aus. Was ist los mit dem Kleinen? Er ist so ernst auf einmal. Warum fragt er gerade jetzt nach so was? Nur, weil ich mich nach meiner Rennerei so pudelwohl fühle? Und schon klappert in mir wieder was?

„Ach, Fidefix, klappern ist kein schönes Wort dafür. Von Alten sagt man, die werden jetzt klapprig. Oder Kranke! War ich denn klapprig, paar Tage bevor ich auf der Straße umgekippt bin?"

„Hab nichts gemerkt. Ist auch kein Klappern jetzt. Tut dir nur weh, -- vielleicht."

„Ja, tut weh."

„Und was tut weh?"

„Menschen sagen, die Seele."

„Ach so."

„Die kennst du?"

„Nein, kenn ich nicht. Seele. Neues Wort, sagst du nie. Was'n das soll das sein?"

„Weiß ich nicht. Weiß nicht mal, wozu Seele gut sein soll. Und wieso sie mir weh tut, weiß ich auch nicht."

„Tut weh?"

„Ja, manchmal. Ich bin erstaunt, dass du es hörst."

„Mehr spür ich es."

Knut schaut ihn lange an.

„Das hab ich längst gewusst, noch bevor ich deine Gedanken jetzt plötzlich höre. Du siehst mir alles an, auch wenn ich traurig bin. Oder mir Sorgen mache. Oder mal überhaupt nicht weiß, was los ist mit mir."
„Manchmal hör ich das ein bisschen laut."
„Weißt du nicht wenigstens ein paar Wörter, die du dann hörst?"
Fidefix versucht sich zu erinnern. Er hat ein lebhaftes Gedächtnis. Fast nie vergisst er, wo er war. Oder was er schon mal geschnüffelt hat. Auch gespürt. Oder wer ihm was Leckeres gegeben hat. Vergisst keinen, den er nicht mag. Immer erkennt er alles wieder. Und erinnert sich jetzt nicht an solche leisen Wörter, nach denen Knut ihn fragt...?

„Du willst dann immer sofort weg davon. Gehst zum Kühlschrank und guckst da rein. Oder suchst dir Schokolade. Überall hast du welche liegen. Manchmal gehst du auch raus in den Garten. Schon bist du weg von mir mit den leisen Wörtern."
„Und nachts?"
„Gehst du auch zum Kühlschrank."
„Und wenn ich da drin nix mag?"
„Suchst du überall hier. Und dann denk ich, warum suchst du nicht da drin?"
„Wo drin?"
„In deinem Kopf, wo die Wörter sind."
„Die suchen wir das nächste Mal gemeinsam?"
„Ja, versuchen."
„Ich geh dann nicht zum Kühlschrank. Ich ruf dich."
„Und dann?"
„Horchen wir beide ganz genau hin."
„Gut. Komm ich auf deinen Bauch."
„Aber nicht in mein Bett!"
„Auf das Sofa legen wir uns."
„Und auch für dich hol ich dann nichts aus der Küche."
„Nein."
„Keine Knister-Tüte."

„Ja, -- schade."
„Vielleicht schlafen wir beide ein."
„Auf dem Sofa."
„Und wenn du was hörst in mir, dann weckst du mich."
„Darfst du nur nicht schnarchen. Sonst hör ich nix!"
„Leck mein Ohr, dann hör ich dich!"
„Gut. Leck ich dein Ohr."
„Jetzt gehen wir erst mal schlafen. Das war ein herrlicher Tag für mich. In mir klappert auch nichts! Fühl mich so sauwohl. Wenn ich morgen nicht erkältet bin, dann rennen wir beide öfter in den Wald, ja? Nur wir zwei alleine!"

**

Und am nächsten Morgen geht es ihm tatsächlich wunderbar. Kein Schal, kein Pulli, keine Schuhe. Dampfend der Kaffee, und zufrieden liegt auch der Kleine vor der Küchentüre. So dürften nun alle Tage gern beginnen. Knut strotzt vor Kraft, heute früh spricht er sogar laut zu Fidefix.
„Diese blöde Geschichte vom Paradies kennt ihr natürlich nicht. Seltsam, dass die Menschen sich sowas erzählen, zwar jeder ein klein wenig anders, ich kenn das selbst nicht genau, aber ein Paradies ist für uns wie eine uralte Erinnerung! Es war einmal, verstehst du? Alle wollen wir glücklich und friedlich und alle frei sein in einem wunderschönen Garten. Und dann die Vertreibung. Von der ihr Hunde keine Ahnung habt. Obwohl du gar nicht so unschuldig bist, wie du immer tust. Als du früher hier die Möbel angeknabbert hast und ich sauer reagiert hab, da bist du ganz klein rumgekrochen, absolut schuldbewusst. -- Das kennst du auch, so ein Gefühl wie Schuld!"
„Ich hab nur Angst, ob du mich schlägst. Wie der Vater, als ich klein war."
„Hab ich dich je geschlagen?"
„Mit der Zeitung geklatscht, hast du."

„Nicht auf dich drauf, nur so auf meine Hand zur Warnung."
„Und ein Dings hast du, das haust du gegen die Wand, auch wenn ich gar nichts gemacht hab."
„Das gilt nicht dir, ich schlag die Mücken tot."
„Schlägst du so kleine Mücken?"
„Und du? Warum schnappst du nach Fliegen, wenn sie dich ärgern?"
„Ja, stimmt."
„Wenn du was angestellt hast, weißt du immer, dass es was Verbotenes ist. Ich muss nur streng gucken, schon duckst du dich."
„Nur bis ich weiß, du schlägst mich nicht."
„Die Menschen wurden nicht mal geschlagen, die sind nur radikal aus dem Paradies verjagt worden. Seither steht dort einer mit dem Flammenschwert vor der Türe, keiner darf zurück ins Paradies."
„Ganz leer ist das jetzt da drin?"
„Keine Ahnung. Der uns rausgeschmissen hat, der hat es bestimmt längst bereut. Jetzt hockt er da alleine. Aber wenn wir schön brav sind, dürfen wir später vielleicht wieder rein!"
„Wann ist später?"
„Na ja, erst mal sterben."
„Meinst du, sterben ins Paradies? Willst du dahin weg von hier?"
„Ich will gar nix. Ich kann mich an nichts erinnern. Ich weiß nur, als ich ein Junge war, hab ich plötzlich entdeckt, wie es wohl mal gewesen ist im Paradies. So frei plötzlich auf der Erde. Heimlich im Wald sind wir gelaufen als wär's der Garten Eden. So nennen wir nämlich auch das Paradies. Immer in der schönsten Angst bestraft zu werden. --- Den ganzen Tag war ich wild im Wald und abends hab ich bei uns zu Hause dann am Tisch gesessen, hab meine Familie angesehen -- ganz still hab ich gedacht ‚wenn die wüssten!' Sie hatten keine Ahnung wie viel Spaß wir alle barfuß im Garten Eden haben könnten."
Noch einmal amüsiert sich Knut bei dieser Erinnerung.
„Spaß ist euch verboten?"

„Nicht jeder Spaß, aber der verbotene ist besonders schön! Das weißt du doch. Wenn ich dir was verbiete, willst du es erst recht, stimmt's?"
„Verbietet der Gottmann euch was er für sich alleine will?"
Knut muss herzlich lachen.
„Das ist die lustigste Erklärung, die ich je gehört habe! Aus dem Paradies hat uns der liebe Gott vertrieben, weil er dort alleine barfuß sein wollte!"

„Wer ist der liebe Gott?"

Plötzlich eine brutal ernste Frage.

„Jedenfalls einer, der mir nicht gönnt, dass ich hier mit dir so frei und munter sitze. Ich soll endlich alt und klapprig werden! Kann sein, der Gott ist auch nicht begeistert, dass wir uns unterhalten können. Das hat er ja so nicht erfunden! Vielleicht hat er Angst, dass du mir erzählst, was ich nicht wissen soll..."
„Ich kann was wissen?"
„Vielleicht etwas, das ich nicht weiß?"
„Was du vergessen hast?"
„Bist du sicher, wir haben es nur -- vergessen?"
„War der Gottmann auch schon hunderttausend Jahre in dem Garten?"
„Fidefix, – wieso fragst du ‚auch'."
„Na, wie wir alle doch schon immer."
„Davon weiß ich nix!"
„Siehst du, Knut, alles vergessen."
„Dann sag doch mal, wie war das denn vor hunderttausend Jahren für uns alle?"
„Wie es war?"
„Ja!"
„Eh – ja, hab ich vergessen."
„Und was morgen passiert, dass hast du heute auch schon vergessen, was?"
Knut kann nur belustigt mit dem Kopf schütteln.

"Komm mal mit, Kleiner, ich zeig dir was!" Sie gehen ins Wohnzimmer. Dort zeigt Knut auf eines der großen Bilder. "Sieh dir diese beiden an, da stehen eine Frau und ein Mann. Die hat ein sehr berühmter Maler gemalt vor vielen hundert Jahren schon, Albrecht Dürer. Diese beiden, die er gemalt hat, die sind aus dem Paradies vertrieben worden – und siehst du, sie sind beide barfuß." Knut lacht und nimmt den Kleinen auf die Arme, tanzt mit ihm im Zimmer.
„Knut, das ist sehr schön, wie du heute glücklich bist. Bin ich es auch."
„Ich hätt es gern von meinem kleinen Fidefix ganz genau gewusst, wie es wirklich war vor hunderttausend Jahren. Na ja, jedenfalls weiß ich, was wir heute machen!"
„Wieder in den Wald?"
„Heute bist du dran! Der Wald läuft mir nicht weg. -- Bin ich glücklich, sollst du auch glücklich sein."
„Los, fahren wir zum Wald!"
„Nein, heute fahren wir ins Tierheim -- und wir suchen für dich eine fröhliche Dame!"
„Brauch doch keine!"
Knut setzt den Kleinen ab und geht in die Küche.
„Stell dir vor, wir rennen dann drei durch den Wald. Und in den Garten. Und abends liegen wir auf dem Sofa. Oder ich setz mich an meinen Computer für mein dickes Buch, dann hast du mit ihr viel Spaß zusammen!"
„Du, möchte dich was fragen. Musst du gar nicht laut denken. Nur ganz leise zu mir hin..."
Knut hatte gerade seinen Kaffeepott ausgewaschen, bereit nun zum Tierheim zu fahren.
„Was ist los?"
„Willst du eine Dame, weil ich bald alt bin schon? Und weil ich vielleicht auch weg gehe?"
Das trifft. Knut steht eine Weile schweigend. Setzt sich dann zum Kleinen auf den Boden, beide Auge in Auge.
„Seit ich diese drei Tage lang im tiefen Schlaf war, da habe ich verstanden, dass du nur mich hast und nicht auch eine Dame! Ja, kann sein, vielleicht denk ich, dass auch ich nicht einsam

sein will, wenn d u weggehst. Für den, der zurück bleibt, ist es immer furchtbar traurig. Auch für dich ist es das. Ich hab die beiden Alten drüben neulich gefragt, wenn m i r mal was passiert, ob sie dann dich und eventuell eine Hundedame zu sich nehmen würden. Und weißt du, was sie mir gesagt haben? ‚Das wär sehr schön, weil auch bald einer von uns allein sein wird. Dann ist es nicht so einsam'."
„Hast du mich nur, dass du nicht allein bist?"
„Ja, -- ganz am Anfang. Und heute weiß ich, dass ich auf der Welt immer nur dich bei mir haben möchte."
„Keinem gibt's du mich?"
„Niemals."
„Gut. Brauchen wir auch keine Dame." --
„Hör mir genau zu. Früher war ich hier im Haus nicht allein. Wir wollten viele Jahre zu Zweit hier leben. Dann kam eine Krankheit, immer öfter das Krankenhaus, paar Jahre ging das. Einmal bin ich dorthin gefahren, da war das Krankenzimmer leer. Bin ich zurück ins Haus gekommen, es war hier alles still. Ich ganz allein. Bis ich irgendwann dann dich entdeckt hab."
„Knut, ich kann laut sein, jeden Tag. Brauchst du keinen zweiten Hund!"
„Nein, nein, das mein ich nicht. Es war still hier im Haus, weil ich niemanden mehr lieb haben wollte. Aber mit dir hab ich gesehen, es geht! Und jetzt zeig ich dir, wie man mehr als einen lieb haben kann. Du und ich und eine Dame. Wir fahren ins Tierheim."
„Warum soll es eine Dame sein?"
„Hast du mal nachgedacht, ob du vielleicht schon Papa bist?"
„Kann sein. Irgendwo."
„Du hast es aber nie erfahren! Hast ‚irgendwo' mal eine Dame getroffen, die ist jetzt Mama, und du weißt es gar nicht. Wenn wir deine Dame hier haben, vielleicht haben wir dann auch mal eure Kinder hier. Stell dir vor, wie laut das wird. Können wir beide still liegen und nur zusehen, wie die rennen!"
„Und wie die alle Hunger haben!"

„Es wird wirklich Zeit, dass du nicht mehr alleine bleibst."
„Wir suchen eine Dame erst mal für dich – und ihr macht eure Kinder!"
„Mein kleiner Fidefix, groß genug ist das Haus für uns alle, oder?"
„Groß ja, aber am schönsten mit dir ganz allein."
„Los, komm! Wir fahren jetzt. Ich zieh mir Schuhe an! Und wenn dir keine Dame dort gefällt, das verprech ich dir, fahren wir zwei auch wieder allein zurück."
„Also gut, komm ich mit. Oder erst in den Wald?"
„Warum erst dorthin?"
„Schöne Sonne heute!"
„Ja, tatsächlich."

**

14.
Dann fahren sie schon seit einer halben Stunde mitten durch Wälder auf einer kleinen Landstraße. Manchmal schaut Knut seitwärts kurz aus dem Fenster, wundert sich, dass er nirgends anhalten will. Fidefix würde sich gewiss freuen, und es ist einsam genug hier..., aber Knut kann sich nicht entscheiden. Warum soll ein alter Mann barfuß mit einem Hund durch den Wald rennen? Werde mich außer Atem wieder ins Gras werfen – aber als ein junger Knabe nicht mehr...

Von einem solch träumenden Seitenblick zum Wald wieder zurück zur Straße -- hätte er fast eine Gruppe von Vögeln übersehen, die da mitten auf seiner Fahrbahn sitzen und nun aufflattern.
„Was ist denn da los?"
Auch Fidefix hatte auf der Rückbank gedöst und reißt nun weit die Augen auf. Es liegt ein blutig toter Hund auf der Straße, angehackt bereits von den Vögeln. Quietschend

bremst Knut kurz vor dem Kadaver.
„Sollen wir aussteigen? Willst du ihn sehen, Kleiner?"
„Nein."
„Er soll nicht mitten auf der Straße liegen, ich zieh ihn zur Seite."
Knut fährt zwei Meter rückwärts und stoppt den Wagen dort am Straßenrand. Steigt aus, lässt seine Türe offen. Kein einziges Auto war ihnen bisher hier begegnet.
Fidefix zögert noch, klettert zunächst nur nach vorn, sitzt auf Knuts Platz und sieht, er betrachtet den toten Hund. Ist es denn ein Hund? Jetzt folgt Fidefix doch, hält aber draußen etwas Abstand.
„Klar ist es ein Hund. "
Die Frage hatte Knut als Gedanke gehört.
„Wieso hat er sich hierher verlaufen? Hier wohnt kein Mensch!"
Und beide schauen sich um.
„Knut, es gibt Hunde, die laufen weit. Manchmal suchen sie eine Dame! -- Das hat er jetzt davon."
„Du meinst, der war so blöd wie ich, weil ich auch weit weg in den Wald fahre?"
„Suchst du dort eine Dame?"
„Dann wären die Wälder das Paradies womöglich!"
„Willst du wirklich in ein Patadies?"
„Glaubst du, der ist jetzt dort?"
„Wer?"
„Der hier liegt."
„Überall geplatzt."
„Hast du noch nie einen toten Hund gesehen?"
„Ich kann ihn hören."
„Den da?"
„Wie Summen."
„Wie Bienen?"
„Ganz dicke Brummer!"
„Da sind aber keine! -- Wieso hörst du, dass es hier summt?"
„Hör ich ihn auch nur vielleicht!"
„Weint er?"

„Auf der Straße umgefallen hast du nicht geweint."
„Hast du trotzdem was von mir gehört?"
„Viel zu laut war das um dich rum. Menschen, auch viele Autos."
„Wann hast du mich wieder gehört?"
„Später auf einmal. Und nur Blödsinn."
„Blödsinn, ich?"
„Ja, alles hin und her in deinem Kopf."
„Und dann?"
„Hast du viel geschlafen."
„Schläft der Hund jetzt auch?"
„Der...?"
„Ist er wach? Schläft er? Was hörst du?"
„Zu Hause nachts, manchmal hör ich dich auch nicht mehr."
„Sonst hörst du mich, wenn ich träume?"
„Ja, dann sind viele Stimmen bei dir im Kopf. Alle durcheinander."
„Und was hörst du hier?"
„Soll er da auf der Straße liegen?"
„Mitnehmen können wir ihn nicht. Ich zieh ihn auf die Seite ins Gras."
Knut fasst mit spitzen Fingern die Hinterbeine, zieht den Kadaver beiseite, eine feine Blutspur bleibt. Fidefix schnüffelt daran aus einigen Zentimetern Abstand.
„Er liegt hier noch ganz frisch."
„Dich hat auch mal einer angefahren. Ihr Hunde habt einfach keine Angst vor Autos."
„Die rennen in mich rein."
„Nee, nee, du warst dem Auto sogar hinterher gerannt. Ganz dicht dran. Plötzlich war ein Bein überfahren."
„Ja, richtig kaputt!"
„Du musstest ins Krankenhaus, -- wie ich neulich."
„Ich renn nicht mehr zu Autos! Hab ich gelernt."
„Ihm hier hilft kein Krankenhaus. Der kann jetzt nichts mehr lernen."
„Erst hat er noch geatmet."
„Das riechst du alles?"

„Ja."
Im Moment will es Knut nicht genauer wissen. Sie gehen zurück zum Auto. Und während der Fahrt hören jetzt beide mal nicht auf die Gedanken des anderen. Jeder hat mit sich allein zu tun. Vor allem will Knut jetzt unbedingt für den Kleinen eine Dame finden. Denn weder soll Fidefix allein sein wenn Knut mal wieder auf der Straße liegt, oder tot im Bett, -- aber auch Knut selbst will nicht alleine bleiben ohne Fidefix. Ja, zugegeben, auch das lässt ihn öfter an einen zweiten Hund denken. Beides. Besonders aber für Fidefix, falls es mal tatsächlich passiert, dass Knut einfach so tot umfällt, wie es der Arzt sagt. Und wie jetzt hier dieser junge Hund plötzlich tot ist, der nur mal kurz rüber wollte.

Wenn m i r was passiert, dann ist es auf alle Zeit zu spät mit meiner Idee ein dickes Buch zu schreiben. Entweder setz ich mich jetzt dran, oder es wird nichts draus. Keiner kann alle meine Notizen entziffern! Nur ich kann das Buch über mein Leben schreiben. Sonst bleibt nichts als Asche von mir! Ein Buch, das könnte lange existieren. Als eine Spur von mir. Aber wenn ich zu viele Stunden am Computer sitze, dann vereinsamt Fidefix. Ich finde jetzt endlich eine Dame für den Kleinen! Dann liegt er nicht alleine rum und kann auch mal mit ihr draußen spazieren, sogar bis zur Hundewiese. Hunde brauchen Bewegung! Ich auch, klar, aber jetzt muss ich mich entscheiden, schreiben oder spazieren. Vielleicht schreib ich sogar von unserer Telepathie. Das kann ja dann erst später mal veröffentlicht werden, wenn wir beide tot sind. ‚Knut hört Fidefix'! Das ist doch ein besonderes Buch!
Leider kann der Kleine es dann nicht lesen. Vielleicht liest es ihm einer vor? Oder ich selbst, wenn ich noch lebe. Und wir beraten, ob wir es geheim bei uns behalten, oder dann doch veröffentlichen. Auf gar keinen Fall soll er alleine bleiben. Später nicht und auch nicht jetzt schon. Er soll nicht einsam im Haus liegen, weil ich schreibe und schreibe und schreibe..., je älter ich werde, desto mehr fällt mir nämlich ein, was ich noch erzählen möchte.

Fidefix spürt, dass Knut auf direktem Weg ins Tierheim unterwegs ist. Sie haben längst die Straße durch den Wald verlassen. Jetzt wird es ernst. Und alles nur, weil ein Hund vom Auto überfahren ist. Schon hat Knut Angst, er selbst liegt mal wieder so auf der Straße. Nicht nur umgefallen. Einfach weg, blitzschnell. Und es soll dann eine Dame bei mir sein. Und wir dürfen dann beide Hunde zu den Alten. Will ich das? Erst mal sehen, wie die Damen da sind in diesem Heim! – Kann sein, wir sehen eine, die mir nicht gefällt, aber sie ist Knut sympathetisch. Dann jagt er mich weg. Wie schon mal dieser Vater den ganz kleinen Fidefix, einfach raus aus dem Haus. Sie hat Knut dann für sich alleine! -- -- Nein, nie will ich das. Und nie wieder so viel Hunger im Bauch, weil sie mir nichts mehr lässt. Hunger, bis die Beine sich gar nicht mehr bewegen. Das soll nicht wieder sein. Sogar nachts bin ich manchmal wach vor Hunger! Dann guck ich von meinem Kissen sofort ob meine Schüssel steht. Wenn die auf mich wartet, ist es gut. Und mit Knut allein im Haus ist sie immer voll. Kommt aber vor, ich steh nachts auf und guck, ob er wirklich im Bett liegt. Dann trink ich etwas Wasser und leg mich ruhig wieder schlafen.

∗∗

Am Eingang zum Tierheim schnüffelt Fidefix sofort viele, viele Spuren. Kaum betritt er das Haus, hört er auch schon ein lautes Durcheinander. So viele Hunde. Auch wenn noch einige Türen geschlossen sind, mit seinen feinen Ohren hört er alles. Und das sind keine fröhlichen Hundestimmen, viel Angst hört er, auch Wut bei manchen, und viele heulen sehr traurig. Allzu gerne würde Fidefix sofort wieder aus dem Haus rausrennen, aber da ist die Türe hinter ihnen schon zu. Und er will auch Knut nicht enttäuschen. Der unterhält sich gleich sehr freundlich mit einer netten Dame. Oh, da bleibt Fidefix geduldig bei der Eingangstüre sitzen und kann von dort die beiden beobachten. Das wär schön, wenn Knut hier eine Menschendame findet weil sie Hunde mag, dann hat e r eine, die nehmen wir mit nach Hause, und Fidefix muss für sich keine Hundedame hier aussuchen...

Wild und laut durcheinander kläffen die alle!

Tatsächlich geht die Dame jetzt mit Knut gemeinsam einen Flur entlang. Fidefix bleibt sitzen und hofft die beiden vergessen ihn. Aber schon schaut Knut zurück.
„Komm, Fidefix, wir gehen zu den Damen!"
Darüber lachen sie. Also muss Fidefix hinterher. Sie öffnen eine Türe – und dann steht er starr vor Schreck.
Wieder ein sehr langer Flur, auf beiden Seiten viele Türen aus Gittern, und überall Hundestimmen. Hinter jedem Gitter ist ein kleines Zimmer und da drin Hunde. Die meisten allein, und sie kommen sofort zur Gittertüre, sie wollen raus, nur endlich raus hier! Manche denken auch, es gibt was zu futtern, viele hoffen aber nur ihre Türe geht endlich auf.
Nur einige sind schon müde im Hoffen. Die kommen nicht mal mehr zum Gitter, die bellen auch nicht, die liegen da und glauben gar nichts mehr. Andere sind wild und wütend, die springen gegen das Gitter, und Fidefix erschrickt, schnell läuft er dann weiter.
Und Knut unterhält sich lustig mit der Dame, manchmal bleiben sie an einem Gitter-Zimmer kurz stehen, gehen aber schließlich um eine Ecke, der Gang setzt sich dort fort.
So schnell kann Fidefix ihnen aber nicht folgen, zu viele Hunde erschrecken ihn, kleine und auch richtig große. Und er hört ja, was sie alle rufen. Seine Ohren stehen sehr weit offen.
Bis er plötzlich gar nichts mehr hört.
Hinter einem der Gitter, ziemlich tief in ihrem kleinen Zimmer, sieht er eine Hundedame. Er bleibt stehen und sagt nichts. Sie liegt und schaut nicht mal zur Gittertüre. Aber schon im Liegen sieht Fidefix, wie schön sie ist.
Eine große Dame mit ganz gewiss langen, schlanken Beinen. Sie spürt dann endlich seinen Blick und wendet langsam den schmalen Kopf zu ihm. Mit sehr traurig wunderschönen

Augen sieht sie Fidefix.
Lange schauen sie nur beide. Keiner bewegt sich. Fidefix hat alle Hunde ringsum vergessen. Sogar Knut ist ihm egal. Und sie steht jetzt auf, oh, sie ordnet ihre langen schlanken Beine, kommt zu ihm. Beugt sich scheu zu seiner Nase, die er langsam zwischen das Gitter zu ihr gesteckt hat. Sehr vorsichtig atmen beide, fast Nase an Nase. Und sie hebt plötzlich den Kopf, schaut von oben zu dem viel zu kleinen Fidefix herunter, dann senkt sie langsam wieder ihre Nase zu ihm, weil er schon seinen halben Kopf zu ihr hin zwischen das Gitter hebt. Ganz nahe beieinander tun beide etwas, das selten ist bei Hunden, sie schauen einander in die Augen. Er ihr, sie ihm. Was auch bedeuten könnte, sie wird den kleinen Eindringling gleich furchtbar beißen. Denn für viele Hunde ist ein so direkter Blick eine klare Kampfansage. Wenn schon! Dann soll sie ihn beißen. Das ist ihm vollkommen egal…
Weil Knut bemerkt hat, dass Fidefix ihm nicht gefolgt ist, kommt er den Gang zurück, bleibt aber einige Meter entfernt an der Ecke stehen und beobachtet die beiden. Wagt nicht, sie zu stören. Weil er erkennt, wie zärtlich die Große sich zu dem Kleinen gebeugt hat, wie er hinauf zu ihr voll Hingabe schaut, als ob er intensiv zuhört. Und tatsächlich, vielleicht erzählt sie ihm ihre traurige Geschichte, dass sie aus einem schönen großen Haus plötzlich hierher gebracht wurde, und keiner kam um nach ihr zu fragen. Seither hier nur der Lärm aller anderen Hunde. Manchmal darf sie raus aus der Zelle, denn dort hinten ist eine zweite Türe zu einer Wiese, wo dann viele andere Hunde rennen. Sie rennt nicht mit ihnen. Zu traurig ist es dort, denn um die Wiese herum sind ein hoher Zaun und Mauern. Auch da draußen kommt keiner, der nach ihr fragt. Keiner. Schon weiß sie gar nicht mehr wie lange sie hier bereits leben muss. Wo es kein weiches Sofa gibt auf dem sie gerne gelegen hat beim alten Frauchen, das dort oft im Sitzen schlief. Und einmal sehr, sehr lange schlief. Bis dann Menschen zu ihr kamen mit einem Auto.
Und seither bin ich nun in diesem winzigen Zimmer und nicht mehr in einem hellen großen Haus. Und nicht mal

heulen will ich hier, weil es nicht hilft. Und mich keiner hört. So viele heulen hier, aber ich hab mich schon bald hinten in meiner kleinen Kammer hingelegt. Meistens die Augen zu. Bis heute...
Und sie fragt sich nun, warum dieser kleine Fidefix jetzt so zu ihr aufschaut. Wo kommt der her? Warum kommt er? Und wieso geht er dort im Gang frei herum, nicht eingesperrt hinter einem Gitter wie alle anderen?
Wieder berühren sich jetzt fast ihre Nasen.
Und Knut sieht, wie Fidefix ganz vorsichtig eine Pfote hebt, durch das Gitter zu ihr hin. Sie bemerkt es nicht, er berührt sie nicht. Das traut er sich nicht. Und traut sich auch nicht, ganz wenig mit seiner Zungenspitze ihre Nase zu berühren. Knut kann nicht hören, ob Fidefix ihr was zu sagen versucht, seinen Namen und vielleicht sogar, dass er eine Dame sucht, wenn sie vor allem groß ist, schlanke schöne Beine hat und sich mit ihm gut unterhalten mag, und ja, auch zu egoistisch soll sie nicht sein.... Endlose Minuten stehen sie so.

Und wären sie Menschen, wüsste man, dass sie beide weinen.

Plötzlich ein lautes Klappern nacheinander in den Zimmern, ein Scheppern und ringsum verstummt das wilde Bellen. Jeder der Hunde bekommt hinten in sein kleines Zimmer einen Napf voll Futter hingestellt. Alle stürzen sich sofort darauf, nicht nur aus Hunger, sondern weil es eine Abwechslung ist, einmal am Tag ein voller Napf. Auch der schönen Dame wird nun einer in ihr kleines Zimmer gestellt, hinter ihr. Sie hebt den Kopf und schaut kurz dorthin, schaut einmal noch zu Fidefix, wendet sich ab und geht die paar Schritte fort von ihm.

Fidefix sieht ihr zu, wie sie gar nicht mehr die traurige Dame ist, sich zur Schüssel beugt, nicht mehr zu ihm schaut, nur frisst und frisst.

Knut ist nun auch zu ihm gekommen, schaut ebenso durchs

Gitter der hungrigen Dame, schaut herab zu Fidefix.
„Gefällt sie dir?"
„Gleich ist alles leer."
„Sie hat Hunger."
„Komm, Knut, wir gehen."
„Warum?"
„Die Schüssel ist größer als meine."
„Hey, wir haben genug zu Hause."
„Nicht für die."

Und er geht einfach weg. Zurück zu der Türe, durch die sie beide gekommen waren. Knut folgt ihm verdutzt. Hält am Ende des Ganges die Türe auf, schaut noch einmal zurück. Auch Fidefix bleibt stehen und schaut zurück. Die Dame hat jetzt halb ihren Kopf zwischen das Gitter gesteckt, versucht den Kleinen noch zu sehen. Sie weint nicht, sie ruft nicht. Fidefix zögert.

Knut hält noch immer die Türe offen. Der Kleine wendet sich ab und will nach Hause.

Im Auto denkt er kein Wort.
Ganz leer ist sein Kopf. Nur leer und traurig.

**

Am Abend wieder zu Hause.
Fidefix liegt allein auf dem Sofa, denn Knut sitzt jetzt in einem Sessel und macht sich Notizen, hält dann inne, schaut zum Feuer im Kamin. Beachtet den Kleinen nicht. Bis der Kleine zu ihm hin denkt.
„Du traust dich nicht."
Knut schaut nicht zu ihm.
„Was trau ich mich nicht?"
„Alleine ganz viel schreiben."

„Will ich das?"
„Ja. Aber nur, wenn ich eine Dame habe."
„Soll ich von uns beiden schreiben?"
„In dein Buch rein?"
„Weiß ich noch nicht."
„Unser Geheimnis?"
„Ja, für später mal. Wenn wir beide weg sind."
„Verstehen das die Menschen?"
„Einige ja. Andere werden sagen, die waren verrückt."
„Das macht dir Angst?"
„Wenn sie es jetzt schon wüssten, würden sie vielleicht kommen und mich wegbringen."
„Was mach ich, wenn die kommen?"
„Spiel nur ja nicht den Helden! Als ich klein war, hab ich das nämlich erlebt, wie sie Menschen eingesperrt haben, weil die damals nicht sein wollten, wie alle. Irgendwas gesagt, schon eingesperrt."
„Und die bringen mich auch in ein Heim?"
„Menschen sind im Heim netter zu Tieren, als im Gefängnis zu Menschen."
„Was'n das soll das sein Gefängnis?"
„Eine schlimme Erfindung von Menschen. Da sperren sie andere ein. Böse Menschen, aber sie sperren auch solche ein, die nur etwas sagen oder was schreiben, das anderen nicht passt."
„Die wollen nicht, dass wir beide uns hören?"
„Kommt drauf an, was du mir alles verrätst."
„Und du mir?"
„Ach, weißt du, in vielen Nächten hab ich mir notiert, was ich falsch finde – nur, was ist richtig?"
„Frag mich."
„Weißt du mehr als ich?"
„Frag gemeinsam."
„Willst du mich trösten?"
„Du sollst nicht warten mit deinem Buch."
„Wollen wir alles fragen?"

Beide versuchen, einen Moment lang nicht zu denken. Beide sind erstaunt, wohin ihre Gedanken plötzlich geraten.
„Wohin ist der gegangen, den wir heute gefunden hatten?"
„Über die Straße gegangen."
„Und hat nicht aufgepasst."
„Ja."
„Und dann, Kleiner?"
„Ist es passiert."
„Und dann?"
„Ist er nicht rüber."
„Jetzt liegt er im Gras."
„Ja."
„Ist er noch unterwegs?"
„Auch vielleicht."
„Er liegt da und ist auch weg?"
„Einer liegt, der andere geht weiter."
„Fidefix, ist er jetzt zwei Hunde?"
„Genug Platz ist überall."
„Wie willst du wissen, ob er noch weiter geht, Kleiner? Du warst noch keinmal tot!"
„War ich aber am Busch."
„Ja. Angebunden."
„Jetzt bin ich bei dir."
„Wohin wolltest du so klein da am Busch... ?"
„Gewartet, wenn einer kommt."

An diesem heiklen Punkt traut Knut sich nicht, ihn weiter zu fragen. Es ist der Kleine, der es ihm erklärt.
„Ein kleiner Hund will lieber rennen als nur liegen."
„Auch ein alter Mann will das noch."
„Du bist lustig gerannt im Wald."
„Rennt ein Alter irgendwann dorthin zurück wo er als Junge war?"
„Du hast mich gleich gekannt."
„Das hab ich schon mal von dir gehört. Du glaubst, ich hab mich an dich erinnert?"
„Mich gleich mitgenommen hast du."

„Ja, richtig. ‚Dich nehm ich mit.' Hab ich sofort gesagt."
„Siehst du."
„Am Busch hast du von mir noch nichts gewusst, Kleiner."
„Aber dich erkannt. Bin ich gleich zu dir gelaufen."

Knut betrachtet ihn lange.

„Fidefix, willst du dich auch nicht erinnern?"
„Wie du?"
„Du nicht woher, ich nicht wohin?"
„Ja, schade."

„Wenn ich aus dem Krankenhaus nicht zurückgekommen wäre, hättest du auch nur gesagt ‚tja, schade'?"
„Nein, Knut, dann lauf ich weit weg."

Eschreckt halten beide ihre Gedanken an. Dann erzählt Knut.

„Ich war noch ein junger Mann, und mein Vater war viel jünger als ich jetzt bin. Und ganz plötzlich war er tot. Meine Mutter hat laut geschrien, lief auf der Straße rum vor unserem Haus und hat nur geschrien, geschrien. Wir hatten eine Hündin, schon eine alte Dame. Mein Vater hat sie sehr geliebt. Mit seiner Hündin ist er oft allein gewandert. Ich hatte später nur Fotos von ihm mit der Hündin. Und sie ist panisch weg gerannt, als meine Mutter so geschrien hat. Erst am Abend haben sie gefragt, wo ist die Hündin? Nicht im Haus! Keiner hat sie gesucht, meine Mutter war zu schwach. Erst Tage später hat ein Freund ihr erzählt, er hat gesehen wie unsere Hündin weit weg war, einfach weg, wie nie vorher. Da waren kaum noch Häuser. Und vielleicht hatte sie dann Hunger und hat für sich ein Huhn gefangen. Das konnte sie gut. Ein Jagdhund, wunderschönes Tier -- und noch fit zur Jagd. Es hat sie der Mann gerufen, dem das Huhn gehörte, sie hat ihm vertraut. Er hat sie erschlagen. Eine streunende Hündin, die Hühner fängt…! Dort lag sie dann tot auf der Wiese."

Beide horchen sie dieser Geschichte hinterher.
„Lauf du niemals weg, Kleiner! Als ich auf der Straße lag, bist du brav sitzen geblieben. Das haben die Alten mir erzählt. Sogar, als die mich weggetragen hatten, warst du noch da."

„Gewartet, ob sie dich zurücktragen dort. Aber die sind nicht gekommen. Nur die Alten. Bei denen hab ich dann auch gewartet, ob du kommst. Oder ich vielleicht wegrenne. Weil du weg bist."
„Wohin denn rennen?"
„Erst mal rennen."
„Ohne ein Ziel...! Das dürfen wir beide nicht."
„Was ist das, ein Ziel?"
„ – Tja, gute Frage."

Knut schweigt.
Bis er plötzlich lächelt.

„Wir beide wollen viel lieber leben, als weggehen."
„Gehst du gar nicht bald?"
„Möchte ich nicht. Ich bin sehr gerne hier."
„Ich auch mit dir."
„Irgendwann wird einer von uns weg sein. Höhere Gewalt nennt man das."
„Wie hoch?"
„Wie ein großer böser Hund. Der ist auf einmal hier."
„Dann gehen wir beide weg von dem. Du und ich."
„Und lassen ihm das Haus?"
„Gehen wir in den Wald!"
Knut amüsiert sich.
„Ja, ja, nach Afrika, wo's schön warm ist. Wie im Paradies!"
„Ein Patadies ist in Afrika?"
„Keine Ahnung. I c h will keinen großen bösen Hund hier im Haus."
„Aber die Dame für Knut ist vielleicht auch eine böse, -- und vielleicht mag sie keinen Fidefix!"
„Dich lieben doch alle."

„Kann sein, sie will das nicht, ... ‚nix für mich der Fidefix'..."
„Wenn sie dich nicht mag, dann muss s i e gehen. Wir beide bleiben hier gemeinsam."
„Wirklich?"
„Weißt du das nicht, Fidefix?"
„Doch, Knut, weiß ich."

**

15.
Am nächsten Morgen sitzt Knut wieder samt seinem Kaffeepott am Tisch.
„Du liegst dort so brav vor der Küchentüre und kommst nicht rein, nur weil ich es so will. Warum gehorchst du mir? Hunde gehorchen den Menschen. Ist das nicht seltsam? Du könntest denken, mir egal, ich geh einfach zu ihm rein!"
„Willst du aber nicht."
„Und das genügt dir?"
„Ist so. Alle machen, was einer will."
„Du meinst in der Gruppe. Da gibt es immer einen Chef."
„Ja, bist du."
„Möchtest du nie der Chef sein?"
„Doch. Holst du eine Hundedame, bin ich ihr Chef."
„Und wenn die Hündin das nicht will?"
„Zeig ich ihr!"
„Kann sein, sie ist stärker als du. Du magst ja große Damen!"
„Lange Beine, nicht meine kurzen."
„Dann ist sie stärker."
„Kann sein. Macht nichts."
„Immer der Stärkere ist der Chef?"
„Kann sein."
„Ein starkes Tier kann ein schwaches töten. Findest du das gut?"
„Dann hat es Hunger."
„Manchmal wird getötet ohne Hunger. Es gibt Tiere, da tötet ein Männchen die Kinder des anderen. Das gibt es übrigens

auch bei Menschen."
„Sind sehr viele böse? Tiere und auch Menschen?"
„Leider mehr, als man glaubt. Aber die meisten sind wohl friedlich, Tiere und auch Menschen."
„Wie wir beide."
„Ich hab mal auf einer Wiese gelegen und hab ein kleines Vögelchen beobachtet, es stand dort im Gras ganz ängstlich, hat ständig nach allen Seiten seinen Kopf gedreht ob ein großer Feind kommt und es fressen will — 'ach, das kleine Vögelchen' hab ich gedacht! Plötzlich pickt es blitzschnell vom Boden ein winziges Würmchen auf und frisst es. -- Warum frisst einer den anderen?"
„Immer sagst du ‚warum'."
„Ich will es verstehen."
„Kannst du?"
„Viele glauben, einer hat sich das alles ausgedacht."
„Wie ausgedacht?"
„Viele Menschen sagen, das hat einer erfunden. Die ganze Welt hat er so gemacht, dass der Starke den Schwachen frisst."
„Einer allein hat das erfunden?"
„Manche Menschen sagen, es waren viele Götter. Meistens sagen sie aber, es war ein einziger Gottmann."
„Der vor hunderttausend Jahren im Patadies?"
„Ja, vielleicht auch der."
„Der ist so böse?"
„Nein, nein, sie sagen, er ist ein lieber Vater."
„Erfindet e r, wir fressen andere?"
„Sie sagen, er erfindet auch, wer geboren wird und wann der wieder stirbt."
„Was denkst du, Knut, ist es so?"
„Keine Ahnung, Kleiner."
„Kann ich auch ein Gottmann sein?"
„Du? Warum?"
„Dann kann ich vielleicht was ändern."

Wieder verstummen sie beide vor solchen Gedanken.

„Oder, Fidefix, keiner kann was ändern. Weil es gar keinen Gottmann gibt?"
„Wir Hunde kennen den nicht. Hab ich nie gehört."
„Viele Menschen macht das böse, wenn einer sagt, es gibt gar keinen Gott. Und noch böser, wenn ich sage, mein Hund kennt ihn nämlich auch nicht."
„Die holen uns dann ab, wenn wir das sagen?"
„Ja, uns beide."
„Wir denken das doch nur."
„Sie wollen nicht, dass wir so denken."
„Kennen sie den Gottmann vom Sehen?"
„Keiner kennt den. Sie sind sich nicht mal einig, w i e der ist."
„Du bist dir einig?"
„Nein. Gar nicht."

Wieder schweigen sie.

„Knut, keiner kennt ihn, -- aber sie sagen, er lebt?"
„Na ja, sie wollen was glauben. Wohin sie sterben."
„Das fragst du auch immer. Wohin, wohin?"
„Fragst du das nicht?"
„Hunderttausend Jahre ist lang genug."
„Die hast du doch vergessen, Fidefix."
„Hunderttausend... ach, vielleicht auch mehr."
„Hast du als kleiner Hund wirklich schon gewusst wie viele tausend Jahre es gibt?"
„Nicht tausend gewusst. Aber gewusst."
„Was Zeit ist?"
„Hell und dunkel. Jeder sieht das."
„Du hast gewusst, es gab Tage und Nächte – schon viele tausend Jahre?"
„Weißt du doch auch, Knut. Ganz klein, mal schläfst du, mal bist du wach. Mal hell, mal dunkel."
„Menschen dachten lange Zeit, sie leben seit dreißigtausend Jahren mit Hunden, aber jetzt wurden Spuren entdeckt, ihr lebt schon hunderttausend Jahre mit uns."

„Ja, das erzählst du deinen Freunden. Hab ich zugehört."
„Aha, -- daher sagst du hunderttausend! Und stimmt das?"
„Du sagst es ihnen."
„Also weißt du nur, was ich erzähle?"
„Nein, weiß ich von ganz klein schon."
„Fidefix, ich bin jetzt groß und alt und werd mich wohl an das Vergessene nicht mehr erinnern."
„Willst du vielleicht ganz klein sein wieder und alles wissen?"
„— Ach, komm, mein großer Fidefix, wir gehen spazieren."
„Im Wald?"
„Erst mal nur im kleinen Park, hier zwischen den Häusern."

**

16.
Knut möchte heute nur einen kurzen Weg im Auto fahren. Er will auf einer Bank im Park sitzen und ein Buch lessen das sie ihm vom Theater geschickt haben. Er trägt es bei sich. Und im Spazieren versucht er Fidefix schonend darüber zu informieren.
„Die wollen, ich soll schon wieder mal Theater spielen."
„Muss ich alleine warten in der Garderobe...!"
„Ja, kann sein. Erst mal will ich hier das Rollenbuch lesen."
„Wie geht lesen?"
„Ich sehe hier in diesem Buch viele Wörter, die hat dort einer reingeschrieben."
„Und die hörst du… wie mich?"
„Nein, was der andre denkt, das schreibt er als Wörter."
„Du hörst die im Buch?"
„Nein, ich seh nur Buchstaben für viele Wörter."
„Weißt du die Wörter alle?"
„Ich weiß die Buchstaben."
„Kann ich auch lesen?"
„Wenn du die Buchstaben lernst."
„Mach ich!"

Knut schmunzelt über den Eifer des Kleinen. Auch weil der es nicht wirklich verstanden hat, alles zu abstrakt für ihn. Und er liest in Wahrheit mit seiner Nase. Schnüffelt viele neue Spuren im Park. Hunde brauchen keine Buchstaben!

Knut steht vor einer Parkbank in der Sonne.
„Ich setz mich hierhin und lese. Lauf nicht zu weit weg..., falls es mir zu kühl wird, will ich wieder heim!"
„Ja. Ich hör dich immer!"

Und weg ist er. Knut liest. Das Theaterstück gefällt ihm. Auch die Sonne scheint angenehm auf seine Bank. So vergeht die Zeit.

Plötzlich hört er mehrere Hunde bellen, weit unten aus dem Wald, von hier aus einen Abhang hinunter! Und auch Männer rufen. Alle ziemlich aufgeregt. Bis es sogar Knut merkt. Er hebt den Kopf und lauscht alarmiert. Hört die Hunde bellen, eine Mischung aus Wut und viel Angst. Und die Stimmen der Männer nur wütend. Knut springt auf.

„F i d e f i x ! Komm sofort her! F i d e f i x!"

Aber Fidefix kommt nicht. Und da läuft Knut auch schon steil geradeaus den Abhang runter. Dorthin, wo die Hunde bellen und die Männer rufen. Es sind nur noch zwei Hunde zu hören. Auch die Männer rufen weniger. Knut läuft so schnell er kann. Sieht dort unten an der Straße einen kleinen Lastwagen, kann erkennen einer der Männer trägt einen zappelnden Hund zum Wagen, der andere Mann macht kurz die Ladetüre auf, da hört man andere Hunde von drin bellen, und schwupp wirft der Mann den zappelnden Hund dazu, der andere Mann schließt sofort die Türe. Der Laderaum hat keine Fenster, schon ist nichts mehr zu hören von den Hunden. Knut ist außer Atem, aber er rennt weiter. Sieht, wie die Männer jetzt eilig einsteigen wollen.
„Stehenbleiben! Bleiben Sie s t e h e n!"

Einer der Männer schaut kurz zurück, beide steigen schnell ein. Fast hätte Knut das Auto erreicht, aber sie fahren los. Er steht wie angewurzelt, kann aber teils das Autokennzeichen entziffern. Und weil er noch das Rollenbuch in Händen hält, notiert er dort groß Zahlen und Buchstaben. Leider sind sie nicht komplett. Jetzt hält Knut die Hand dicht vor seine Augen, um sich zu konzentrieren.

„Fidefix.... Fidefix..... denk ganz fest an mich! Kannst du mich hören?! Bist du in dem Auto mit den anderen Hunden?"
„Die sind so laut. Ich versteh dich ganz schlecht."
„Denk weiter ganz fest an mich. Und wenn es stiller wird, dann melde dich. Ich denk auch fest an dich. Wir dürfen uns nicht verlieren, hörst du?!"
„Rennst du hinterher? Die fahren schnell."
„Ja, die fahren zu schnell. Aber ich verlier dich nicht. Telepathie geht auch ganz weit weg. Egal, wo du bist. Wenn es wieder still ist, dann denk ganz stark an mich! Wenn ihr irgendwo aussteigt. Dort kannst du mir vieleicht beschreiben, wo ihr seid. Ich geh zurück zum Auto. Und ich werd dich finden!"
„Es ist so laut hier drin. Ich versteh dich nicht..."

Knut geht zurück, den Hang rauf so schnell er kann. Er kommt zu seinem Auto, setzt sich dort rein und sucht nervös eine Nummer, wählt sie dann.
„Hallo! Ich habe einen Notfall. Hier im Park sind Hundediebe! Können Sie kommen?"
„Erst mal ganz ruhig. In welchem Park?"
„Ein schwarzer Lieferwagen, geschlossen. Zwei Männer."
„Kennzeichen?"
„Was?"
„Haben Sie das Autokennzeichen notiert?"
„Ja, nicht vollständig, das ging doch viel zu schnell. Ich bin den Abhang runter gerannt, weil ich die Hunde gehört habe. Auch meinen!"
Fast weint er jetzt. „Sie müssen sofort kommen! Sie sind

doch die Polizei!"
„Also, welcher Abhang, welcher Park. Erzählen Sie eins nach dem anderen. Wie ist das Kennzeichen?"

**

Sie haben Knut beruhigt und ihm versprochen, eine Adresse passend zum Autokennzeichen des kleinen Lieferwagens zu suchen. Knut sitzt noch schockiert im Auto und wartet. Vor allem auf ein Zeichen von Fidefix. Endlich kommt es, weit weg.
„Bist du da?"
„Fidefix! Hörst du mich?"
„Ja, ganz leise. Alle sind wir auf einer Wiese, keiner kann hier weg, ein ganz hoher Zaun um uns rum. Alle Hunde regen sich auf, und viele bellen laut. Ich such mir eine Ecke, wo keiner ist..."
„Bei mir im Auto ist es ganz still. Ich kann dich trotzdem nur sehr leise hören."

Er wartet.

„Hier ist jetzt keiner. Hörst du mich gut?"
„Ja, ganz gut. Hörst du mich?"
„Ja, zum Glück. Knut, ich glaub, du bist richtig weit weg."
„Telepathisch geht es auch weit weg! Denk jetzt ganz fest an mich."
„An wen soll ich sonst denken!"
„Erzähl, was dort los ist."
„Ich weiß nicht was die Männer wollen."
„Seid ihr viele Hunde?"
„Ja, auch andere waren schon hier -- wie wir ankommen."
„W o seid ihr angekommen?!"
„Kann ich nicht wissen! Alle auf einer großen Wiese hier, keiner kann raus."

„Sieht euch dort niemand? Die Nachbarn müssen euch doch hören!"

„Gibt nur das Haus, wo die Männer drin sind. Und viel Wald überall."

„Wo steht jetzt ihr Auto?"

„Da vorne. Vor dem Zaun. Warte mal... ich will mich schnell ganz klein verstecken, die Männer kommen aus dem Haus. Vielleicht sehen sie mich nicht."

„Sehr gut. Was machen sie?"

„Steigen ins Auto. – Jetzt fahren sie weg."

„Gut, bleib ganz ruhig dort liegen. Ich krieg raus wo die sind. Dann denk ich wieder fest an dich, dass wir uns beide hören."

„Knut? Was machen die mit uns?"

„Ich glaub, die Kerle wollen mit euch Geld verdienen. Die fangen Hunde ein und verkaufen sie."

„Die schlagen uns nicht?"

„Nein, ich hoffe nicht. Hast du Hunger?"

„Noch nicht, ich reg mich auf!"

„Ich finde dich, versprochen! Ich such das Haus – und wir haben ja unsere Telepathie!"

„Ja, wirklich gut, dass wir sie haben...!"

Knut sitzt im Auto und starrt auf das Display seines Telefons. Endlich ruft die Polizei an.

„... Gut, ich verstehe! Spedition Berger... ja, vermutlich ein Bauernhof, alleinstehend. Ich such deren Nummer im Internet und ruf dort an, ob sie mit Hunden handeln. Ja, vielen Dank! Wenn ich was Genaues weiß, melde ich mich! Danke!"

Er scrollt auf seinem Display herum, tippt dann einige Zahlen und wartet.

„Spedition Berger hier. Wir sind momentan unterwegs. Hinterlassen Sie eine Nachricht."

Es piepst.

„Ja, Knut hier. Ein Freund hat mir erzählt, er hat bei Ihnen einen sehr schönen Hund gekauft. Richtig? Ich möchte gerne auch einen kaufen. Könnten Sie bitte zurückrufen, falls Sie Hunde haben. Meine Nummer..."

Sehr nervös wartet er dann. Denkt intensiv zu Fidefix hin.
„Hörst du mich?"
„Ganz leise. Alle so laut hier. Alle haben Angst!"
„Ist das Auto noch weg?"
„Ja, die Männer sind weg. Ich bin froh, passiert nichts. Alle warten wir hier. Liegen auf der Wiese, paar laufen rum! Holst du mich?"
„Ich hab die Männer schon angerufen. War nur der Anrufbeantworter. Kann sein, sie klauen jetzt noch andere Hunde! Bleib am besten dort liegen, wo du bist. Dann hörst du mein Auto, wenn ich zu dir komme. Erst muss ich wissen, ob ich die richtige Adresse habe! Das frag ich, wenn ich mit ihnen telefoniere. Und dann komm ich sofort zu dir!"
„Ja, sofort!"
„Glaub mir."

Knut wartet und wartet.

Dann hört er plötzlich Fidefix.
„Das Auto kommt. Hörst du mich?"
„Ja. Bleib jetzt wo du bist."
„Was machst du?"
„Bleib ganz still."

Wieder warten!
Bis das Handy klingelt.
„Hallo? Sie haben bei uns angerufen?"
„Ja, sind Sie das Tierheim?"
„Nein, Tierhandel."
„Ach so, na, das ist mir egal. Ich möchte einen Hund kaufen."
„Hier auf dem Land gibt's kein Tierheim. Die Bauern geben ihre Hunde bei uns ab."

„Haben Sie viele?"
„Mal mehr, mal weniger. Was suchen Sie denn?"
„Ich hatte einen kleinen grauen Hund. So einen würde ich gerne wieder haben."
„Sowas haben wir grad heute bekommen."
„Wie groß ist er?"
„Ich guck mir nicht alle Köter genau an. Sie können ja zu uns kommen und sich einen aussuchen."
„Sehr gerne. Am liebsten gleich. -- Und er muss das Autofahren vertragen."
„Unsre Hunde sind alle schon im Auto gefahren."
„Ja, das denke ich mir. -- Wie ist denn die Adresse?"
„Haben Sie was zum Schreiben?"
„Hab ich."

Schon ist Knut unterwegs im Auto. Und er telefoniert während der Fahrt. Es ist sogar die Polizei, die er anruft.
„Wenn Sie gerade im Auto fahren –dürfen Sie nicht anrufen!"
„Das ist jetzt vollkommen egal. Ich brauche Ihre Hilfe. Unbedingt sofort."

Dann ist er endlich nahe genug bei dem Bauernhof.
„Fidefix...... Fidefix...... schläfst du?!"
„Ja, Knut, fast schlaf ich hier auf der Wiese. Und die Sonne scheint schön warm. Ich hab jetzt bisschen Hunger. Bist du schon hier?"
„Kann ich zaubern?"
„Ja, kannst du."
„Pass jetzt auf, wenn mein Auto kommt. Dann gehst du ganz nach vorne zum Zaun, dass man dich gut sehen kann."
„Nein, da hab ich Angst."
„Dann bin ich doch schon da! Du darfst aber nicht zeigen, dass wir uns kennen. Ich tu so, als ob ich dich kaufen will."
„Schnapp mich einfach, und wir hauen ab!"
„Ich will allen Hunden helfen!"
„Nicht allen helfen, m i r helfen!!"

„Bleib ruhig. Ich bin schon ganz nah an dem Haus. Wenn ich den Männern beweisen kann, dass sie Hunde verkaufen, dann können alle Hunde befreit werden."
„Das sind große Männer und ganz stark. Wenn die wütend werden, dann verhauen sie dich!"
„Ich mach das schon. Komm jetzt nach vorne zum Zaun. Aber tu so, als ob wir uns nicht kennen!"
„Ja, jetzt bin ich ein Schauspieler wie du!"
„Mach schon. Siehst du mich? Ich steige gerade aus."
„Hab schon dein Auto gehört. Bin ich froh! Versuch bloß nicht, alle Hunde hier zu retten. Wir können ja später wiederkommen für die. Erst mal pack mich in dein Auto und fahr ganz schnell weg mit mir! Die Männer kommen, pass jetzt auf!"

„Guten Tag! Wir hatten telefoniert. Wegen einem kleinen grauen Hund eventuell."
„Da vorne läuft grad einer rum. Wär der was?"
„Ja, der ist hübsch. Was soll der kosten?"
„Hundert?"
„Bisschen viel für so einen Kleinen."
„Meinetwegen achtzig. Ist sowieso kein Rassehund."
„Ist er gesund? Haben Sie seinen Pass?"
„So was gibt's hier nicht. Bei den Bauern wachsen Hunde einfach so auf. Die überleben, oder nicht. Hunde brauchen hier keinen Pass und auch keinen Doktor."
„Ist der Kleine schon länger bei Ihnen?"
„Nee, Besitzer war eine alte Bäuerin, die ist gestorben. Den Köter haben sie uns heute gebracht. Nehmen Sie ihn meinetwegen für fünfzig."
„Also fünfzig."
Knut sucht in seiner Jackentasche. Einer der Männer geht schon zum Zaun und macht für Fidefix die Türe auf. Der tut vollkommen uninteressiert. Knut hält einen Fünfziger in der Hand. Der Mann nimmt das Geld, und auf einmal stehen drei Polizisten da.
„Sie sind verhaftet, alle beide."

Blitzschnell legen sie den Männern Handschellen an.
„Du blöde Sau, du hast uns verraten!"
„Und du hast meinen Hund geklaut."
Jetzt kommt Fidefix angerannt.
„Wir beide kennen uns nämlich. Er heißt Fidefix!"
„Los, Knut, wir hauen ab!"

Die Polizisten verfrachten die beiden Männer im Streifenwagen.
„Danke, das war sehr mutig von Ihnen. Jetzt haben wir den Beweis."
„Na, ich danke Ihnen, dass sie sofort mit mir gekommen sind! Und die anderen Hunde?"
„Die bringen wir ins Tierheim. Wir suchen nach den Besitzern denen sie geklaut wurden! Leider werden Hunde momentan verstärkt geklaut. Meistens sehen die armen Viecher ihre Besitzer niemals wieder."
„Wirklich wahr? -- Siehst du, Kleiner, wir haben uns."
Glücklich trägt er Fidefix in den Armen. Der leckt kurz Knuts Nase.

Falls Hunde manchmal Tränen weinen, dann kullern die jetzt aus seinen Augen.

17.
Endlich sind sie beide wieder gemütlich beisammen in der Wohnung.
„Wie haben die euch denn alle einfangen können? Ihr Auto stand ganz unten an der Straße. Wieso warst du so weit runter

gelaufen?"
„Viele haben da unten gebellt."
„Und neugierig bist du ja immer."
„Bin aber nicht nah ran, steh und guck nur, auf einmal wirft der was auf mich, hebt mich hoch und schmeißt mich ins Auto zu den andern. Knut, wer sind die?"
„Ich hatte davon schon in der Zeitung gelesen. Sie fangen mit ihren Netzen freilaufende Hunde, die sie dann verkaufen. Bevorzugt wertvolle Rassehunde."
„Bin ich das?"
„Nein, keine Rasse. Aber für mich bist du der wertvollste Hund auf der Welt. Und zum Glück wussten die das nicht."
„Was'n das... Rasse?"
„Ach, nur Blödsinn!"
„Manchmal, Knut, gehen wir spazieren und sie sagen ‚das ist ja ein süßer kleiner Hund, was ist denn der für eine Rasse'? Dann sagst du ‚gar keine'! Und bist immer ein bisschen böse."
„Weil es einfach eine blöde Frage ist."

Fidefix denkt alleine weiter. Ihm fällt ein, dass Luanny, also die große Tochter von Udo, mal wütend nach Hause kam und gesagt hat, ein blöder Mann hat sie in der U-Bahn angequatscht und gesagt 'wenigstens sprichst du gut deutsch, das ist man bei deiner Rasse gar nicht gewöhnt'. Weinend hat sie dann gesagt 'Ich kann mir die braune Haut ja nicht abziehen'! Wieso Haut? Damals hatte er Luanny lange betrachtet und ihm war aufgefallen, dass sie schöner braun ist, als andere Kinder. Auch Malu, alle Kinder von Udo sind schöner braun. Udo hat eine helle Haut, Mama Selma ganz dunkel.
Darauf hatte der Kleine bisher natürlich nie geachtet. Erst jetzt. Und er vergleicht es damit, wie unwohl er sich fühlt, wenn seine Haare zu lang geworden sind, bis Knut endlich mit ihm zu dieser Frau fährt, die alles abschneidet. Da fühlt Fidefix sich ganz jung und leicht dann, ohne langes Fell!

Vielleicht sollte Luanny auch zu dieser Frau gehen für ihre Haut? Aber kann die das Braun so abrasieren dass Luanny sich superfroh fühlt?

Fidefix kommt jetzt zu keinem anderen Ergebnis, als damals auch Luanny, als sie trotzig verkündet hatte ‚Jedenfalls ist der Mann nur doof '! Also doof ist Fidefix nicht, doof nicht, das weiß er wirklich ganz gewiss. Und deshalb ist er keine Rasse?

„Ich will überhaupt nicht eine Rasse sein. Luanny nämlich auch nicht."
„Wie kommst du jetzt auf Luanny?"
Und Fidefix denkt noch einmal die ganze Geschichte von Luanny und dem doofen Mann zu Knut hin.

„Ja, es ist wirklich traurig, Kleiner, wie dumm und böse manche Menschen sind."
„Dürfen die einfach Hunde so fangen in ihrem Auto?"
„Natürlich nicht! Das versuche ich dir ja immer wieder zu erklären. Klauen darf keiner. Verstehst du das jetzt? Die haben dich geklaut! Zum Glück hat mir die Polizei geholfen!"

„Und die Hunde im Tierheim, wer klaut die?"
„Nein, das Tierheim ist ganz was anderes. Dort nehmen sie Tiere auf, die kein Zuhause haben. Und sie suchen für jedes Tier dann liebe Menschen."
„Aber im Tierheim sind alle eingesperrt, wie wir auch bei den Männern hinter dem Zaun."
„Ja, leider, bis die armen Tiere endlich jemand holt."

„Will ich nicht wieder hin, in kein Heim, das ist nur traurig. Eine fröhliche Hundedame find ich da nicht."
„Das kann man nie wissen."
„Wieso sind Hunde dort, haben die kein Kissen zu Hause?"
„Manche Menschen sind zu alt geworden, manchmal sterben sie, und ihr Tier bleibt allein."
„...bist du auch zu alt?"
„Das kann keiner wissen, wann er mal stirbt."

„Wie wir uns jetzt wieder zusammen haben, -- das ist das Überschönste."
Knut ist gerührt.
„Ja, Kleiner, wir hören uns sogar, wenn du sehr weit weg von mir bist!"
„Keinmal mehr will ich weg sein! Immer nur wir zwei."
„Nein, nein, ein Hund muss auch mal rumlaufen und andere Hunde begrüßen."
„Und die bösen Männer? Sind die überall?"
„War denn bei denen auf der Wiese keine liebe Hundedame?"
„Doch war da eine, lag immer still und hat nie gebellt wie die anderen. Ich wollte sie gern fragen, warum sie traurig ist. Aber dann bist du schon gekommen."
„Sollen wir zurück und sie suchen?"
„Nein, nicht zurück! Gar keinen Fall!"
„Na gut, wir wollen das alles jetzt ganz bald vergessen. Hier im Haus haben wir's ja beide wieder schön gemütlich."

*

„Knut..., hast du den Polizeimännern erzählt, wir hören uns?"
„Oh, nein! Die haben sich sowieso schon gewundert, dass ich dich unbedingt finden wollte! Aber wenn ich gesagt hätte, dass ich dich höre, wären die mit mir ins Krankenhaus gefahren und nicht zu den bösen Männern."
„Sind Polizei auch böse?"
„Die sollen die Ordnung behüten. Einen Hund denken hören, das ist für sie nicht in Ordnung!"
„Ist dann Ordnung so doof wie Rasse?"

18.
Es ist wieder soweit, Knut will ins Theater fahren, weil dort neue Proben beginnen, und das kennt Fidefix nur zu gut.
„Knut..., bist du vielleicht traurig wenn ich keine Lust hab mit dir zur Probe!"
„Hast du Angst, es klaut dich einer aus der Garderobe?"
„Keiner klaut mich, -- jetzt pass ich auf! Lieber lieg ich aber hier auf meinem Kissen."
„Im Theater, in der Garderobe, da hast du ein ganzes Sofa für dich allein!"
„Ja, ja, allein. Immer warten und warten."
„Da sind viele, die sich freuen, wenn du kommst."
„Ich darf aber nicht mit dir auf die Bühne."
„Weil du nicht sprechen kannst. Es ist ja ein Sprech-Theater."
„Wollen wir vielleicht ein Theater spielen nur für Hunde? Die verstehen alles. Gibt es gar kein Theater für Hunde?"
„Ich glaube nicht, dass Hunde es interessant fänden, nur still

zu sitzen und dir zuzuschauen. Hunde wollen doch immer alles mitmachen."
„Dann ein Hunde-Mitmach."
„Das spielt ihr doch jeden Tag auf der Hundewiese!"
„Ja gut, gehen wir da hin? Du musst auch in die Luft."
„Erst muss ich zur Probe ins Theater. Danach hol ich dich ab zur Hundewiese. Da pass ich dann ganz genau auf dich auf."
„Denkst du, so böse Männer kommen wieder?"
„Eigentlich nicht zur Hundewiese, -- aber man weiß ja nie."
„Bleiben die jetzt nicht bei der Polizei?"
„Hoffentlich lang genug, bis sie keine Lust mehr haben Hunde zu klauen."
„--- Vielleicht besser, ich komm mit ins Theater?"
„Jedenfalls bist du dort sicher und nicht den halben Tag hier alleine!"

**

Dann ist es wie gewohnt, der Kleine darf auf dem großen Theatersofa in der Garderobe liegen.

„Da oben hängt der Lautsprecher, weißt du ja, dort hörst du was wir auf der Bühne spielen. Ich muss jetzt raus."
„Kann ich nicht heute mitspielen?"
„Wie soll das gehen?"
„Du sagst den anderen, wir hören uns."
„Weißt du was dann morgen los ist? Dann sind wir überall in allen Zeitungen und übermorgen weiß es die ganze Welt. Genau was wir nicht wollen."
„Alle Schauspieler sind meine Freunde, die verraten nicht unser Geheimnis! Die haben mich lieb!"
„Ich muss jetzt raus!"
„Ja , ja, -- ich waaarte..."
„Weißt du, Schauspieler wollen immer fotografiert werden und bewundert von allen. Wenn nur einer von ihnen unser Geheimnis weiß, sofort wird er es verraten!"
„Schauspieler sind so?"
„Ja, -- die müssen so sein!"
„Gut... -- schade."
„Also, bis gleich!"
„Hörst du – noch eine kleine Frage!"
„Eine ganz kurze! Die warten schon auf mich."
„Deine Dame, wenn sie bei uns wohnt, kann die mich dann auch hören? Und verrät sie es nicht auch in die ganze Welt?"
„Telepathie kennen viele Menschen. Aber so wie wir uns hören, wohl eher selten. Vielleicht sind wir die einzigen. Über die Frage kann ich jetzt eilig nicht nachdenken! Wenn wir eine Pause machen, komm ich zu dir mit meinem Kaffee, dann denken wir nach!"

Und schon ist Knut weg.

‚Kommt er mit Kaffee, ihm egal, wie der mir stinkt für meine Nase...! Aber kann ja sein, er findet hier eine Dame! Und sie hört mich, oder hört mich nicht? Dann lieg ich zu Hause so allein, wie in der Garderobe! Knut redet mit ihr, und ich bin ganz vergessen. Kann ich ihr ins Bein beißen... oder ich piss

an ihr Bein, schreit sie ‚Pfui, der Köter pinkelt an mein Bein...!' dann rennt sie weg, und wir lachen sie kaputt, Knut und ich alleine...'
Und mit solch lustigen Gedanken schafft er es, schnell einzuschlafen! Er hat dann meistens auch sofort lustige Träume. Heute leider nicht. Obwohl es sehr angenehm beginnt. Fidefix sieht im Schlaf auf einer großen Wiese noch weit entfernt ein paar Hunde spielen und reagiert sofort neugierig. Erwartet dort nicht unbedingt eine traumschöne Dame, denn die möchte er lieber ganz alleine treffen, aber mal sehen, was die dort spielen! Allerdings ist es eine seltsame Wiese, immer neue Löcher tun sich da auf, über die er springen muss, weil sich einige ganz plötzlich vor ihm öffnen, und wer weiß, wohin er stürzen würde? Zumal die ganze Wiese jetzt anfängt sich zu bewegen, alles rauf und runter, und kein Knut in der Nähe! Auch von einer Hundedame weit und breit nichts zu sehen. Und dann auf einmal wackelt der Boden gar nicht mehr. ‚Da setz ich mich erst mal hin und ruh mich aus. Ach Quatsch, ich lieg ja auf dem Sofa und schlafe.' -- Er ist halbwegs wach.

Und hört die Stimmen da oben aus dem Lautsprecherkasten. Wie die reden, das klingt für ihn sehr fremd. Kaum zu verstehen, eine seltsame Sprache. Paar Worte kennt er, aber alles ist ganz anders gesprochen als er Knut sonst hört. Also, Theater ist vielleicht gar nicht wie frische Luft. Das muss anstrengend sein für Knut, so zu reden!
Und im Träumen anstrengen will sich Fidefix ja überhaupt nicht. Nicht mal für eine Hundedame. Schon gar nicht, wenn ihretwegen die Wiese jetzt wieder klein wenig wackelt. Dann schon lieber mal vorsichtig in den Löchern buddeln, ob da vielleicht ein schöner Knochen.... Und jetzt endlich spielt der Traum genau so, wie es Fidefix möchte. Die Erde in einem Loch lässt sich aufbuddeln, es riecht schon sehr lecker nach einem wunderbar faulen Knochen, und den sieht er dort durch die Erde schimmern, happ, da hat ihn Fidefix, geht einen Schritt nach rückwärts raus aus dem Loch, will sich jetzt ein schön ruhiges Plätzchen auf der Wiese suchen und allein mit

Hochgenuss an dem Knochen knabbern, dreht sich um -- und sieht voll ins dicke Gesicht eines großen, sehr großen Hundes. Dem läuft schon gierig der Sabber aus dem Mund.
„Gib den Knochen her!"
„Den hab ich mir ausgebuddelt!"
Fidefix kann das nur knurren, so dick ist der Knochen in seinem Mund.
„Du gibst sofort den Knochen her!"
„Das ist meiner, und sowieso kommt gleich Knut, der jagt dich weg."
Der große Hund guckt kurz um sich, ob einer kommt, sieht aber niemanden. Fidefix nutzt das aus und rennt weg. Das merkt der große Hund schnell und rennt ihm sofort hinterher. Und jetzt wird's echt gefährlich. Der Kleine rennt zur Seite, dann plötzlich zur anderen, mit seinen kurzen Beinen kann er zwar winzig kleine Kurven rennen, da macht der große Hund erst mal einen Bogen und schon hat Fidefix wieder etwas Abstand gewonnen, aber sofort rast ihm der Große hinterher. Also schnell eine krasse Kurve zur anderen Seite! Leider ist der Knochen im Mund sehr schwer, im Rennen kriegt Fidefix kaum Luft, aber er will sich nicht einfach den schönen Knochen wegnehmen lassen, auf gar keinen Fall! Jetzt hat der große Hund angefangen, laut hinter ihm her zu schimpfen, und das hören alle anderen Hunde auf der Wiese, und schon schimpfen die alle laut, Fidefix kann nur ganz kurz mal zurücksehen, bevor er wieder eine super enge Kurve rennt, eine ganze Meute von Hunden ist hinter ihm her, schimpfen und schimpfen so laut.... dass Fidefix wach wird.
Sofort sind gar keine Hunde mehr da. Aber das laute Geschimpfe bleibt. Und dann hört es Fidefix oben aus dem Lautsprecher! Auf der Bühne zanken die sich. Also in echt, -- oder im Spiel? Einer brüllt besonders laut, das ist nicht Knut. Alle schimpfen sie nicht mehr in dieser Schauspieler-Sprache. Die brüllen sich jetzt ganz normal an, totales Durcheinander, Fidefix kann kaum was verstehen und vor allem nicht, worum es da geht. -- Die werden sich doch nicht beißen? Irgendein

besonders lauter Mann brüllt jetzt stärker als alle anderen! Und plötzlich ist es ganz still. Und dann sagt nur einer ganz leise.
„Wir machen jetzt eine Pause."

Ah, prima! Sogar, wenn Knut jetzt mit einem stinkenden Kaffee kommt... Wenigstens kann er Fidefix gegen den riesengroßen Hund beschützen. Ach, Quatsch, den gibt es ja gar nicht echt. Der war ja nur beim Schlafen hier. Und da kommt auch Knut schon. Sogar ohne Kaffee.
Er setzt sich auf seinen Stuhl. Er schaut erst mal nicht zu Fidefix. Der wartet ganz still. Erst fühlen, was los ist. Bis Knut dann doch zu ihm hin denkt.
„So ein Idiot. Am liebsten würde ich jetzt schon alles hinschmeißen und nach Hause gehen."
„Hast du ein Idiot geträumt, wie ich den dicken Hund?"
„Wer ist geträumt?"
„Viele Hunde rennen hinter mir her und schimpfen!"
„Was, bei dir auch?"
„Nicht echt! Ich wach auf, und nur ihr schimpft da oben in dem Kasten!"
„Gleich am ersten Tag! Manche Schauspieler sind so dumm!! Der will unbedingt was spielen, das überhaupt nicht zu seiner Rolle passt!"
„Ist eine Rolle, wie sie sich rollen?"
„Das könntest du fast so sagen! Manche Schauspieler drehen durch, wie ein Hund auf der Wiese sich vor allen andern wie blöd rumrollt, nur damit sie alle gucken! So sind sie!"
„Na und? Rollt er, und dann steht er alleine da."
„Eine Rolle ist aber das, was wir gemeinsam spielen wollen. Das nennt man Rolle."
„Du rollst dich auf der Bühne?"
„Vorhin behauptet ein Schauspieler, er muss unbedingt in seiner Szene auf einem Fensterbrett balancieren. Am offenen Fenster, er balanciert, und alle sollen Angst haben er fällt runter."
„Da hat auch jeder Angst."

„Wir spielen aber ein kleines Haus, und alle sind im Erdgeschoss! Draußen ist gleich der Garten!"
„Prima, musst du keine Angst haben für ihn."
„Er will balancieren und wir sollen für ihn so tun, als ob es weit oben ist! Das findet er einen tollen Einfall. Es ist aber nur blöd!"
„Sowieso rollt ihr blöd. Wie ich euch höre da oben aus der Kiste!"
„Wieso spielen wir blöd? Du hast doch gar nichts gesehen!"
„Was ich höre heute, da versteh ich kein Wort!"
„Fidefix! Das ist Klassik. Für so was sind Hunde wohl wirklich zu ungebildet. Und ich hol mir jetzt einen Kaffee. Muss mit denen ja nicht reden da draußen."
„Ich bin nicht eingebildet."
„Nicht e i n..., u n gebildet. Das erklär ich dir später."

Weg ist er. Und Fidefix kann sich wieder nur solo in einen Schlaf knurren, hoffentlich ohne großen Köter!
‚Doofes Theater, hier rennt Knut immer nur rum. Kommt er, geht er, kommt er! Zu Hause ist es viel schöner, da sitzt er still, von mr aus auch viel am Computer, die Tasten klimpern schön leise. Theater ist laut, alle rennen rum wie auf der Wiese! Soll er morgen doch lieber alleine hierher gehen, frag ich ihn...'

Tja, und schon schnarcht der kleine glückliche Fidefix. Gibt es mal Ärger, dann schnarcht er ihn weg.

**

19.
Wie Knut es versprochen hatte, fahren sie nach der Probe zur Hundewiese. Den Streit hat er längst vergessen, alle hatten sich beruhigt nach der Pause. Ahnungslos setzt er sich jetzt auf eine Bank, und auch Fidefix ahnt nicht, was ihn auf der Wiese erwartet.

An diesem Tag werden nämlich beide von wunderschönen Damen überrascht!

Zunächst sind da nur ein paar Hunde, die Fidefix schon kennt und die ihn nicht sonderlich interessieren. Er hat nicht mal richtig Lust, mit denen auf der Wiese rumzuliegen. Und Knut hat versprochen aufzupassen und auf gar keinen Fall in einem Buch zu lessen. So sitzt er allein auf seiner Bank und schaut gelangweilt. Bis plötzlich eine Dame sich ebenfalls auf die Bank setzt. Nicht sehr dicht bei ihm, aber nahe genug, dass ihr ausgefallen dezentes Parfüm ihm sofort in die Nase steigt. Knut schaut nur mal kurz und wie zufällig zu ihr hin und denkt ‚oho, das ist eine interessante Dame!' Und dann fragt er sich, mit welchem Hund sie wohl zur Wiese gekommen ist, darauf hatte er gar nicht geachtet... Und als er sich umschaut, sieht er Fidefix wie angewurzelt vor einer sehr aparten Hundedame sitzen. Auch sie sitzt ihm gegenüber. Ein ungewöhnliches Verhalten. Kein Schnüffeln, kein Toben, beide sitzen dort fast wie Menschen in einem intensiven Gespräch.

Im selben Moment wendet sich die Dame zu Knut.
„Ist das Ihrer, der Kleine bei meiner Stella?"
„Ja, wie ungewöhnlich sie sich gegenübersitzen!"

Und Stella hält noch immer den Blick, aber fragt nun doch.
„Schaust du jeder Hundedame so lange in die Augen?"
„Nein, das mag ja sonst keine."

Die Dame erklärt es Knut.
„Auch mich schaut Stella oft minutenlang an, als ob sie etwas fragen möchte."
„Ja, das hat Fidefix schon als ganz kleiner Kerl gemacht."

„Ich seh dir gerne in die Augen."
„… ich auch."

„Wie sind Sie auf diesen lustigen Namen gekommen?"
„Na ja, er bedeutet auch ‚fides', die Treue."
„Schätzen Sie treue Menschen?"

„Ich seh meiner Menschin auch in die Augen, aber sie weiß nicht, warum."
„Knut weiß es. Wir hören uns nämlich jetzt."
„Wer ist Knut?"
„Dort drüben auf der Bank."
„Meine sitzt bei ihm. Der ist Knut?"

„Ich lebe lieber alleine mit Fidefix, als mich von treulosen Menschen verletzen zu lassen."
„Sie selbst haben noch nie andere verletzt?"
„--- -- Unsere beiden schauen sich noch immer an!"
„S i e schauen mich nicht an. Sind Sie schüchtern?"
„Nicht bei jedem."

„Die unterhalten sich."
„Und sie beobachten uns."
„Ich möchte, er findet eine Dame…"

Die Dame lächelt kühl.
„Mache ich Ihnen Angst?"
„Sie sind sehr forsch."
„Nicht bei jedem."
Jetzt schauen sie einander an und lächeln beide.

„Lebst du mit ihm alleine?"
„Er will nämlich, ich finde mir eine Dame."
„Und was willst d u ?"

„Ich bin hier oft mit Fidefix. Ihnen sind wir bisher leider nie begegnet."
„Wir sind selten hier."
Beide schauen wieder zur Wiese.

„Du bist sehr schön."
„Du bist sehr klein..."
Es klingt lieb, wie Stella das sagt.

„Stella und ich sind selten in Hamburg."
„Für mich und Fidefix ist es die schönste Stadt."
„Für mich nicht."
Das ist ernüchternd.

„Kommst du wieder hier zur Wiese?"
„Möchtest du das?"
„Ja, sehr möchte ich das."

„Tja, viel Spaß noch! -- Stella, komm!!"
Die Dame ist aufgestanden.
Als Hamburger sagt Knut nur ein Wort.
„....tschüß!"

„Du bist ein kleiner Casanova! Sie ruft mich..."
Schon ist Stella weg.

Fidefix sitzt allein auf der Wiese in einer Abendsonne.
Knut sitzt auf seiner Bank, allein wie Fidefix.

Lange sitzen beide so in diesem milden Licht.

Dann kommt Knut über die Wiese. An Fidefix vorbei, der folgt ihm. -- Sie denken nichts und fragen nichts. Erst als sie fast zu Hause sind.
„Knut, was'n das soll das sein… ein Kassanowa?"
„Das ist ein Name. Woher kennst du den?"
„Sie nennt mich so."
„Oho! Das war ein Mann, der sich in viele Damen verliebt hat."
„Ich nicht. Wenn, will ich zuhause eine allein."
„Eine wie Stella?"
„Heißt sie Stella?"
„Ja, und du bist Casanova."
„Der kleine…, sagt sie."

20.
Fidefix hatte am nächsten Tag wirklich keine Lust mehr aufs Warten im Theater. Am liebsten auf gar niemanden warten, weder Hund noch Mensch. Das mit der Liebe zu den Hundedamen tut sowieso nur weh. Nee, ich will keinen, außer Knut. Mir egal, wenn er viel beschäftigt ist mit seinem Buch oder im Theater. Wir müssen nicht immer raus für neue Abenteur. Leg ich mich zu Hause bequem aufs Sofa wenn er weg ist, oder lieber wir beide, das kann ich warten. Und wenn er allein weg will, macht er mir sowieso die Schüssel voll -- alle meine Kissen hab ich dann für mich alleine. Kommt er aus dem Theater, gehen wir zur Hundewiese. Oder er ist müde. Immer macht ihn das Theater so viel müde! Kommt er heim, legt er sich erst aufs Sofa.

„Die machen dich müde im Theater! Knut, geh doch einfach mal nicht hin."
„Ach, Kleiner, das schaff ich schon! Wenn erst Premiere war und wir nur noch das Stück spielen und auch nicht jeden

Abend spielen, dann geht alles wieder leichter."
„Wollen wir nicht besser zu deinem Haus beim Wasser fahren?"
„Nein, Kleiner, kann ich leider noch nicht, erst in den Ferien."
„Was'n das ist denn F e r i e n ?"
„Zeit nur für uns beide."
„Gar kein Theater, nur wir beide?"
„Richtig. Aber leider bin ich kein kleiner Fidefix, der nichts arbeiten muss. Du kannst hier faul liegen und jeden Tag allein spazieren gehen."
„Spazieren nur nicht wo die Männer sind."
„Vor denen hast du noch immer Angst?"
„Bei deinem Haus am Wasser, sind da auch diese Männer?"
„Böse Menschen gibt es überall. Aber dort im Dorf stehen nur wenige Häuser, da passiert gar nichts."
„Fahren wir jetzt hin! Willst du?"
„Wollen schon, aber da müssen wir beide noch auf die Ferien warten!"
„Ja gut, mach ich."

Und brav legt sich der Kleine auf sein Kissen. Behält Knut im Blick, auch Knut beobachtet ihn.

„Fidefix, du sagst, dass du dich an alles erinnerst?"
„Ja."
„Ich hab dich mal gefragt, wie es war vor hunderttausend Jahren."
„Ja, hast du."
„Und du sagst ‚hab ich vergessen'. Oder willst du's mir nicht sagen?"

Er lässt dem Kleinen genügend Zeit nach einer Antwort zu suchen.

„Knut, beim Wasser am Haus, da gehen wir immer ganz oben auf den Steinen."

„Ja, an der Felsküste."
„Spring ich da runter?"
„Manchmal wagst du dich weit nach vorn."
„Ich spring nicht. Keine hunderttausend tief."
„Sich erinnern, das ist wie hoch vom Felsen springen?"
„Hunderttausend vielleicht, ja."
„Du hast mich genau beobachtet, wenn ich da oben sitze, ich schau dort gern zum Horizont. Man sieht kein Ende."
„Ja, kann sein."
„Ich möchte aber noch nicht dorthin zum Horizont, ich weiß nicht, ob vielleicht was dort ist – oder nicht."
„Knut, ich will auch nicht, du möchtest dorthin."
„Irgendwann geh ich dann doch – aber wohin? Willst du mir nicht sagen, wie das war, als du ganz klein am Busch angebunden warst?"
„Da bin ich auch mal vor, mal zurück."
„Ausatmen, einatmen."
„Ja."
„Und nicht mehr atmen?"
„Wolltest du das?"
„Ach, mein Kleiner, irgendwann lieg ich dann wohl nur -- und ich atme nicht."

Wieder halten beide inne.

„Fidefix, jeder war mal ganz klein. Aber woher sind wir gekommen?!"
„Weit weg vielleicht?"
„Weit weg zurück ist auch weit weg voraus?"
„Atmen nach vorne und zurück."
„Und wenn ich mal nicht atme, Kleiner, wo bin ich dann?"
„Vielleicht oben auf den Steinen?"
„Mit dem weiten Blick?"
„Dort sitzt du aber nicht für immer, stehst du auf und wir gehen nachhause."

„ -- Okay, Kleiner, was machen wir jetzt?"

„Später vielleicht spazieren?"
„Ja, ich bin etwas müde. Sehr sogar! Später, ja?"

Und Knut bleibt auf seinem Sofa. Es war vielleicht riskant, dem Kleinen solche Fragen zu stellen. Und ihn zu ängstigen. Natürlich kann man einfach so einschlafen hier. Das denkt Knut noch besorgt, und schon schläft er.

Er liegt dort auf dem Sofa. Es wird langsam dunkel draußen. Fidefix rührt sich nicht auf seinem Kissen. Bis er dann doch sehr vorsichtig aufsteht und näher zum Sofa kommt. Setzt sich aufrecht davor und schaut zu Knut.

Will aber nicht zu ihm denken. Das könnte ihn aufwecken!

Hunde sind sehr geduldig. Und Fidefix ist besonders rücksichtsvoll. Wenn Knut müde ist, soll er schlafen. Aber er soll auch bald wieder zu dem Haus am Wasser fahren. Nicht mehr sich müde machen in seinem Theater. Nur noch mit Fidefix im Sand spazieren, oder sich dort am Haus auf die Terrasse legen. Alles ist nämlich da noch so viel schöner als hier.

Atmet er? Es wird dunkler im Zimmer. Fidefix sitzt vor dem Sofa als unbewegte Silhouette. Rührt sich nicht. Denkt auch nicht zu ihm hin. Wartet.

Ein uraltes Bild. Hund und Mensch gemeinsam. Einer schlafend, der andere wacht. Leider kein Feuer im Kamin. Knut wird frieren. Und Fidefix könnte ihn bei Feuer besser sehen, wenn es später dunkel ist. Dann muss er ganz genau zuhören. Aber nur aufs Atmen hören, nichts ängstlich dabei denken, damit Knut nicht sein Hören hört.

Kann aber auch sein er wird ganz tief einschlafen! Kann sein Fidefix sollte ihn besser wecken. Einmal kurz bellen. Nur so kurz dass Knut halb wach wird? Der Kleine ist ratlos.

Setzt sich ein wenig näher an das Sofa. Schaut zu Knut. Noch ist es nicht völlig dunkel im Zimmer. Auch kann ein Hund sowieso im Dunkeln ganz gut sehen. Jedenfalls Fidefix kann das. Atmet Knut?

Er hat es vorhin gesagt. ‚Ich lieg dann nur.' Hat er was gewusst? Er atmet, oder? Nichts zu hören. Nur die Uhr an der Wand jetzt. Fidefix bewegt sich nicht. Er bleibt hier einfach sitzen – vielleicht bis morgen, wenn Knut so müde schläft.

Oder vielleicht ihn am Ohr lecken! Soll er? Das hat Knut ihm selbst vorgeschlagen. ‚Leck mein Ohr.' Darf ich? So oft sitzt er in seinem Sessel und schläft nur. Vielleicht nicht so still wie jetzt, weil der Kamin dann knistert oder die Lichtkiste mit den vielen Bildern laut ist mit Stimmen. Das hört Knut dann im Schlafen gar nicht. Und er spürt vielleicht auch nicht, wenn ich ihn am Ohr lecke? – Er denkt auch nichts. Ich warte.

**

Es ist nicht gewiss, ob Fidefix an diesem Abend weiter denkt, als über den Moment hinaus. Ob ihm womöglich klar ist, was es für ihn bedeutet, wenn Knut lange nicht aufwacht, auch vielleicht am Morgen nicht. Angespannt sitzt der kleine Hund vor dem Sofa. Natürlich spürt ein Hund Gefahr, das ist ein uralter Instinkt, ohne den kann kein Tier überleben. Spürt er hier eine Gefahr für sich selbst?

Warum tut er nichts? Bellen könnte er. Sogar laut heulen! Oder Knut vorsichtig anstoßen. Wieso sitzt er nur und wartet? Weiß er dass Knut sich endlich doch bewegen wird? Es ist fast schon finster, als er das sieht, nur eine kleine Bewegung der Hand, dann ein Versuch, sich auf die Seite zu legen.

„Mach dir keine Sorgen, Kleiner, ich bin nur müde! Gleich steh ich auf und geh ins warme Bett."
Das ist der schönste Satz von Knut, den Fidefix wünschen konnte. Er sitzt noch einen kleinen Augenblick, dann geht er zu seinem Kissen. Liegt dort sehr zufrieden, noch mit offenen Augen zu Knut hin.

**

21.
Es blieb dies der einzige so erschöpfte Abend. Die Zeit bis zur Premiere hat Knut dann ganz gut überstanden. Immer wieder mal ist er abends auf dem Sofa eingeschlafen, aber das kannte Fidefix ja nun. Und doch hat er immer wieder Knut gefragt, wann sie endlich fahren.
Und an einem Tag hat Knut ihn lange schmunzelnd angeschaut. Dann ist er in sein Schlafzimmer gegangen und hat vom Schrank den großen Koffer gehoben.

„Knuuuut, wir fahren!"

Nichts anderes konnte das bedeuten.

Manchmal holt Knut nur einen kleinen Koffer, der ist nicht für das Haus am Wasser. Nur der große, und schon wenn der geöffnet wird, strömt ein Duft von viel Wasser und sogar Strandsand aus ihm raus. Sofort weiß Fidefix, sie fahren!

Es war sogar vorgekommen, dass er übermütig sich aus lauter Freude in dem Koffer versteckt hatte.

Knut hat ihn dort natürlich bemerkt und gelacht. Überhaupt sind beide immer sehr fröhlich beim Kofferpacken, auch wenn Fidefix weiß, er wird sehr lange im Auto liegen müssen und warten und warten.

Viele Sachen sind dann eingepackt, natürlich auch ein schön weiches Kissen für Fidefix auf der Rückbank. Knut hört beim Fahren meistens Musik. Anfangs schaut der Kleine noch aus dem Fenster zu den Häusern und Straßen und den Hunden da draußen, denen er laut seine Freude zubellt, auch wenn sie ihn gar nicht hören im Auto, nur so aus Übermut.
„Wir fahren ans Wasser beim Atlantik! Zum Sand an unserm Haus! Wo ich überall hin rennen darf, kein Zaun und keine bösen Männer!"

Bis bald die ganz schnelle Straße kommt, da saust alles viel zu langweilig draußen am Auto vorbei. Fidefix legt sich weich auf sein Kissen, hört nur Knuts Musik, etwas zu laut für feine Hunde-Ohren, aber doch angenehm zum Verschlafen. Die Stunden fliegen leicht dahin mit schönen Träumen.

Knut fäährt und fäährt, fast dunkel ist es schon. Fidefix schlääft tief und fest, bis auf einmal sich hinten das Fenster öffnet und Luft herein weht.
„Fidefix..... riech mal....! Zu Hause!!"

Sofort ist Fidefix hellwach und schnuppert. Und da ist er, dieser besondere Geruch am Atlantik. Kurz drauf hören sie auch schon die Wellen, wie sie gerannt kommen.
Wenn nämlich Fidefix am Strand läuft, muss er manchmal ganz schnell abhauen, dass ihm die hohen Wellen nicht über den Kopf rennen. Und wenn doch, dann prustet er und schüttelt sich. Am Strand ist nämlich erst mal das Wasser gar nicht da, aber auf einmal rennt es und rennt, schnell weicht Fidefix aus zum trockenen Sand, davon bleibt ja noch genug zum Rumrennen. Plötzlich ist aber der Atlantik laut, und das Wasser kommt, immer mehr Wasser läuft über den Sand. Erst langsam, nur wenig auf Fidefix zu, bis auf einmal dicke Wellen angerannt kommen, jetzt muss jeder blitzschnell abhauen! Das hat Fidefix sofort gelernt, schon als er das erste Mal hier war.

Und nun sehen sie in der Dunkelheit weiß schäumend das Wasser im Mondlicht, Knut fährt dicht an die Kaimauer, gegen die rennen hohe Wellen gischtig an. Gar kein Sand ist mehr zu sehen, nur Wasser! Der ganze Strand unter Wasser, wieder und wieder donnert es gegen die Mauer. Nur kurz bleibt Knut hier stehen. Sie fahren den kleinen Berg nach oben und dort zum Haus. Das steht hoch auf den Steinen, man hört jetzt nur entfernt die Wellen. Hier oben muss Fidefix nicht vor ihnen davonlaufen!

Knut will so spät gar nicht mehr runter zum Wasser. Erst, wenn es wieder hell ist. Und auch der Strand nicht mehr so

überschwemmt. Alle paar Stunden wechselt das ja.
Fidefix hat am Haus sowieso erst mal genug zu schnüffeln, da sind reichlich Neuigkeiten überall, ein neuer Hund hat hier gepinkelt, den kennt Fidefix gar nicht. Kann sein eine Dame...?
Da schließt Knut schon das Haus auf und schleppt den großen Koffer rein, schwupp, stürmt Fidefix gleich durch die Türe in den Korridor. Dort stehen zwei leere Schüsseln. Und Knut sieht sofort, dass Fidefix ihn erwartet. Also gibt er ihm erst mal frisches Wasser und dann aus der Tüte leckeres Futter. Das ist alles mitgebracht für Fidefix. Würde Knut niemals vergessen!
Was er aber fast vergißt, das ist ihr zueinander Hördenken. Hatten sie ja erst in Hamburg entdeckt. Hier am Atlantik haben sie das bisher nicht gekannt. Und so packt Knut das Auto aus wie immer. Streichelt Fidefix ein bisschen, holt dann die restlichen Sachen aus dem Auto und will auch gleich den großen Koffer auspacken...
„Ich muss noch raus!"
Knut schaut den Kleinen verdutzt an und lacht dann.
„Stell dir vor, fast hatte ich vergessen, dass ich dich höre! Wir sind hier ja ganz anders zu Hause als in Hamburg!"
„Auch anders mit Bayar!"
„Ja, in Berlin! Da fahren wir bald wieder hin und besuchen ihn. Wenn er mal Zeit hat."
„Ist er vielleicht in seiner Monkolei jetzt?"
„Nein, Bayar hat viel Arbeit in Berlin. Deshalb konnte er jetzt auch nicht mit uns hierher kommen. Von der Mongolei hat er dir viel erzählt, was? Aber er weiß noch nicht, dass wir beide unsere Gedanken jetzt hören. Du hast ihn sowieso schon immer gut verstanden, oder?"
„Glaubst du, Bayar hört uns auch, wenn wir so denken?"
„Telepathie ist Sympathie, und sympathisch ist er ja uns beiden, stimmt's?"
„Kann aber besser sein, nur du hörst mich! Lassen wir es für uns beide ein Geheimnis?"
„Weiß ich noch nicht. Vielleicht sagen wir es irgendwann

doch ganz guten Freunden, oder? Wenn wir über sie nur heimlich denken -- sehr lieb ist das nicht, oder?"
„Du willst aber, es soll keiner wissen."
„Außer sehr gute Freunde vielleicht."
„Gut, Bayar vielleicht! Der wohnt ja nicht bei uns im Haus. Wie vielleicht deine Dame! Und mich kennt er sehr gut. Keiner streichelt so! Er legt mich auf den Rücken und streckt schön meine Beine! – Jetzt muss ich schnell raus, machst du die Türe auf?"
„Pass auf, auch hier kommen manchmal Autos!"
„Ja, ich renn keinem mehr hinterher...!"

Schon saust er davon in die dunkle Nacht -- hier stehen Laternen nur alle paar hundert Meter. Aber Fidefix kennt sich natürlich aus.
„Du darfst nicht einfach über die Straße rennen, wenn ein Auto -- .... !"

Das hat Fidefix schon nicht mehr gehört, so schnell flitzt er davon. Und er wird diese Warnung immer wieder vergessen. Sieht er drüben einen anderen Hund und womöglich eine Hundedame, rennt er über die Straße. Immer muss Knut für ihn aufpassen und ganz laut rufen: „Nein!" Dann erst bleibt Fidefix stehen und guckt, ob ein Auto kommt. Zum Glück fahren hier nur selten mal welche, die Fahrer achten alle auf Hunde und sind vorsichtig. Aber jetzt ist es schon dunkel, da könnten sie Fidefix leicht übersehen. Kopfschüttelnd murmelt Knut vor sich hin. „Es muss ja nicht gleich am ersten Abend einen Unfall geben!"

Er lässt jetzt die Haustüre einen Spalt weit offen, so kann der Kleine allein zurück ins Haus, das kennt er. Stößt mit einer Pfote die Türe auf, kommt in den Flur gerannt, ohne sich um die nun sperrangelweit offene Türe zu kümmern. Weil er nie gelernt hat, sie wieder zu schließen. Was ja auch nicht so einfach wäre. Zwar könnte er die Türe rückwärts mit dem Po so schubsen, dass sie ins Schloss fällt. Aber Knut macht das schon, dafür ist er groß, und außerdem ist es sein Haus!

Und so war es wie an jedem Abend in der Bretagne. Fidefix kam nach Hause, ließ die Türe weit offen, -- Knut hat sie geschlossen, bevor beide müde von der langen Reise in ihrem vertrauten Haus zufrieden eingeschlafen sind.

**

22.
„Guten Morgen, du Langschläfer! Die Sonne scheint, wir gehen jetzt runter zum Wasser."
„Ist noch dunkel..."
„Warte, bis ich die Rollos hochgezogen habe!"
„Oh, so hell? Muss ich sofort raus und pinkeln!"
„Lauf nicht zu weit weg, ich möchte mit dir zum Strand spazieren!"
„Du trinkst erst deinen Stinkkaffee..."
„Nein, den trink ich heute zur Begrüßung unten im Bistro! Ich warte aber hier auf dich!"

Wieder ist Fidefix eilig auf und davon. Er musste wohl wirklich nötig! Knut packt schnell noch den Rest aus dem großen Koffer, getreu seiner Devise ‚gleich am ersten Tag auspacken und den Koffer wegstellen, -- dann bleibt man lange'!

Von der Terrasse aus schaut er herunter auf den Atlantik, hebt das Gesicht in den Wind und lächelt sehr entspannt. Endlich wird er sich nun ausruhen und wohlig schlafen, schlafen. Auch bei jedem Wetter am Strand spazieren. Nur abends manchmal ‚am Computer klimpern', wie es Fidefix nennt. Und den ganzen Tag werden sie beide ständig was Leckeres schmausen. So dicht am Meer hat man immer Appetit. Und überall gibt's hier was zu schleckern. Heute früh zur Begrüßung knusprige Croissants unten im Bistro gleich am Strand.

Schon kommt der Kleine angesaust...
„Du denkst an leckeres Essen!"
„Das hast du gehört? Jetzt kann ich ja gar nichts mehr denken, was du nicht hörst!"
„Nur noch sehr lieb kannst du von Fidefix denken!"
„Oder ich kann mich trauen, laut zu denken, was mir an dir nicht passt!"
„Passt nicht?"
Gleich erschrickt es den Kleinen!
„An dir, mein Kleiner, passt mir alles. Du bist der allerbeste Hund der ganzen Welt."
„Kann ich von Knut nicht denken."
Gleich ist Knut irritiert.
„Ich muss ja nicht der allerbeste sein, aber..."
„Bist du nicht."
„Und wieso?"
„Bist du ein Hund...?!"
Und schon rennt er übermütig davon. Die Türe steht ja noch offen, und wo das Bistro ist, weiß Fidefix sowieso. Es stinkt dort reichlich nach Kaffee, aber vielleicht setzt sich Knut ja draußen an einen Tisch mit Blick zum Wasser. Da weht die frische Luft den Kaffee fort!

Tatsächlich, es gibt dort ein „Hallo" und große Begrüßung und alles in Wörtern, die Fidefix nicht richtig versteht. Er kann nur spüren, was die hier meinen. Und er wundert sich jedes Mal neu, wieso Menschen es sich so schwer machen. Hunde versteh ich überall. Aber hier redet sogar Knut ganz andere Wörter. Wie seine Freunde, die er alle gut versteht und die sich alle mögen, wie sie so laut reden und viel lachen!
Natürlich wird dieses Frühstück für Fidefix bald langweilig. Auch die beiden großen schwarzen Hunde hier sind für ihn langweilig, wohnen im Bistro, zwei riesige Schwarze mit dickem Fell. Vor denen hatte Fidefix früher Angst. In Wahrheit sind sie aber super gemütlich. Der Jüngere möchte

gerne viel toben. Leider sind die beiden so riesig und tollpatschig, wenn Fidefix mit ihnen rennt, werfen sie ihn einfach um, ohne es zu wollen. Nee, macht keinen Spaß mit denen zu toben.
Und macht auch keinen Spaß, neben Knut und seinen Freunden nur unterm Tisch zu liegen und kein Wort zu verstehen. Also reckt und streckt sich Fidefix, dann geht er ganz langsam über die Straße zum Strand.
Zufällig kam kein Auto, und Fidefix kommt unversehrt rüber. Aber allein hier am Strand ohne Knut, ohne andere Hunde, höchstens die zwei Tollpatsche, sonst ist hier noch gar nichts los... Das Wasser weit weg und ganz still. Keine Wellen kommen angerannt. Niemand und nix kommt hier angerannt. Wenigstens ist die Sonne schon warm. Also kuschelt sich Fidefix in den Sand, sieht zum Wasser, zum Himmel, blinzelt zu den weißen Vögeln, die da oben massenhaft rumfliegen und manchmal elegant am Strand landen.
Anfangs, als Fidefix noch klein und unerfahren war, ist er zu denen gerannt, aber die fliegen immer weg. Bis er es endlich kapiert hat, dass ein Hund leider nicht dort rauf flattern kann in die Luft. Auch wenn es schön wäre, so zu segeln und von weit oben alles zu betrachten!
Ach egal, hier im Sand ist es mollig warm. Hier schlaf ich jetzt, bis Knut mich findet... Und fast wäre Fidefix wirklich eingeschlafen.

ABER AUF EINMAL IST ES PASSIERT!

Er hat nichts gehört, nichts gespürt, er hat nur so gelegen und nur manchmal geblinzelt -- auf einmal steht sie da. Ganz kurz hat er noch gedacht, vielleicht träumt er nur. Aber er kann die Augen weit aufhalten, sie bleibt dort stehen. Ganz dicht vor ihm.
Und sie ist nicht nur schön, sie duftet wundervoll. Gar nicht wie sonst eine Hundedame. Sehr angenehm für die Nase.
Und sie ist nicht viel größer, als Fidefix.
„Legst du dich so in den Sand...?"

„Eh...eh...das mach ich immer, der ist schön warm und weich."
„Sand ist doch schmutzig."
„Das... na ja, das ist so am Strand."
„Wenn ich nass bin, klebt es dann überall."
„Du bist so schön."
„Danke. Ich werde jede Woche geduscht. Und jeden Tag gebürstet. Und parfümiert. Riechst du das?"
„Das ist pampüfiert?"
„P a r f ü m i e r t. Kennst du das nicht? Macht das deine Menschin nicht mit dir?"
„Mein Mensch parfütiert mich nicht..."
„Ach so, ein Mann! Wir haben auch einen im Haus. Wenn es hell ist, geht er, wenn es dunkel wird, kommt er. Ich bin allein mit meiner Menschin. Bei euch wohnt keine Dame?"
„Ehm...klar, manchmal schon. Also, nur sehr manchmal."
„Und du hast auch keine Freundin?"
„Ich warte immer..."
„Wieso?"
„Keine ist so schön wie du."
Sie schaut zur Seite. Verlegen oder gelangweilt?
„So, so."
„Wohnst du hier?"
„Ja, da hinten in einem großen Haus. Jetzt ruft mich meine Menschin!"
„Kommst du wieder hierher?"
„Ja, manchmal. Du kannst ja warten...."
„Wie heißt du?!"
Sie ist schon ein paar Schritte gelaufen.
„Aurélie..."
„Wie?"
„Du musst es wie O sagen: O-re-li!"
Und schon steht er allein im Sand.
„Ich find dich ganz bestimmt. Ich such dich überall. Oh...-reliiii!!!"
Das kommt als tiefer Seufzer aus ihm raus. Den können alle Hunde! Und ob Hunde seufzen können!! Auch war sie ja nur

noch leise zu hören, aber er hat den Namen ganz genau verstanden!

Und steht jetzt wie eine Statue im Sand, hat gar keine Lust, sich zu bewegen. Wendet nur immer den Kopf dorthin, wo O-reli soeben verschwunden ist. Ob sie vielleicht doch wiederkommt? Ganz geal wann! Er kann ja gar nichts anderes tun, als sich genau hier an dieser Stelle hinzulegen und zu warten. Egal, ob es dunkel wird oder es hell bleibt, bis sie endlich wiederkommt. Hierher zu ihm.

Aber dass sein kleiner Fidefix verschwunden ist, merkt Knut genau in diesem Moment. Und kommt sofort beunruhigt über die Straße zum Strand, sieht ihn erleichtert dort liegen, kein Auto hat den kleinen Freund angefahren!

„Du hast mich ganz schön erschreckt! Nicht gleich am ersten Tag ein Unfall, das wäre wirklich zu schade.... Immer rennst du blind über die Straße! Es genügt, dass Dir schon einmal Dein Bein gebrochen wurde. Lern es endlich! Erst nach beiden Seiten gucken ob ein Auto kommt. Immer! Auch wenn die Hundedame drüben noch so schön ist."
„Hundedame...?"
„Ja, irgendeine drüben auf der anderen Seite. -- Oder meinst du jetzt eine bestimmte?"
Knut schaut sich Fidefix genauer an.
„Hast du vielleicht schon eine gesehen hier am Strand?"
„Was seh ich...?"
„Na, bestimmt keine Möwe."
„Möwe?"
„Die hier überall rumfliegen. Würdest du gerne auch da oben rumfliegen?"
„Viel zu müde!"
„Wieso bist du so träge heute morgen? Noch von der langen Autofahrt?"
„Ja, vielleicht..."

Fidefix liegt im Sand und will nicht weg.
„Komm, wir gehen ein bisschen im Sand spazieren. Ich zieh mir die Schuhe aus, warte mal."
Er setzt sich und zieht seine Schuhe aus. Dabei beobachtet er Fidefix, der unentwegt dorthin schaut, wohin Aurélie gelaufen ist.

„Wie heißt sie?"
„Wer?"
„Die wunderschöne Dame."
„Weißt du das?"
„Ich höre, wie sehnsüchtig du an sie denkst."
„Hörst du nicht!"
„D u kennst meine Gedanken, -- i c h kenn deine."
„Ach so, ja, stimmt."

Er kommt zu Knut und setzt sich neben ihn in den Sand. Beide betrachten den Atlantik, der gerade begonnen hat, leise zu rauschen. Also werden bald auch die Wellen wieder gerannt kommen.

„Sie heißt O-reli."
„Oho, Aurélie, ein sehr schöner Name!"
„Bist du traurig..., wenn ich hier immer auf sie warten will...?"
„Quatsch, ich freu mich, wenn du nicht allein bist. Und dich nicht langweilst."
„Knut, ich muss nämlich hier am Strand bleiben. Ich kann nicht zurück mit dir ins Haus."
„Wohl nicht Tag und Nacht, oder? Erst mal finde ich es toll, dass du dich verliebt hast."
„Was hab ich?!"
„Verliebt bis über beide Ohren!"
„Nein, gar nicht die Ohren! Hör ich sie ja nicht. Ach, ich weiß gar nix mehr, weg ist sie!"
„Ohren, das sagt man nur so."
„Ohren voll verliebt?"
„Ja, bist du. Wenn einer nichts anderes denken will. Nicht

mal an seine Schüssel...!"
„Nicht an meine Schüssel? Knut, spinnst du .... ?! Los, ich renn mit dir im Sand! Wir rennen nach Hause zu meiner Schüssel, -- die vergess ich niiiee!"

Fidefix rennt los wie ein Verrückter, auch mal im Kreis um Knut herum. Der trägt seine Schuhe in der Hand und läuft barfuß aufs Wasser zu, denn in ersten kleinen Wellen kommt es jetzt ihm entgegen.
Fidefix bleibt mitten im Rennen immer wieder stehen und schaut doch kurz zurück. Rennt aber dann Knut hinterher, weicht aber geschickt flachen Wellen aus -- nass werden darf er jetzt nicht mehr. Vielleicht kommt sie, und dreckig verklebt mag sie ihn nicht!

Also rennt er dann gar nicht mehr. Geht mit Knut im trocknen Sand am Wasser entlang und jeder denkt für sich etwas. Gleich werden sie zurück am Haus sein, werden die Felstreppe raufsteigen zum Garten. Dort in der Wohnung wartet auf Fidefix eine volle Schüssel. Für ihn ganz alleine. Und Knut trinkt vielleicht heute keinen Stink-Kaffee mehr, weil er den schon im Bistro getrunken hat.
„Komm Fidefix, lass uns einen Bogen dort zu den kleinen Felsen im Sand machen. Ehe das hohe Wasser kommt."
„Kann ich hier warten?"
„Ach! Ist es so schlimm? Hoffst du, sie kommt zurück?"
„Nee! Ich will nur hier sitzen. Ich seh gern, wenn das Wasser kommt!"
„Ja, ja, ‚nur so sitzen'..." Knut amüsiert das.
„Lustig ist das nicht. Tut weh."
„Ich kenn es, Kleiner, ich kenn es sehr gut. Liebe kann wunderbar wehtun. Genieß das einfach! -- Ich bin gleich wieder da. Pass auf meine Schuhe auf, ja?"

Fidefix ist froh, dass Knut ihn versteht. Und auch keine Fragen mehr stellt. Und sich nicht weiter lustig macht. Über dieses sehr komische Gefühl im Bauch! Ganz anders, als wenn der Kleine sonst mal auf Knut wartet...

Er schaut abwechselnd dorthin, woher sie kommen könnte, dann wieder zu Knut, weil der jetzt barfuß dort weit hinten rumspaziert, -- wo niedrige Felsen aus dem Sand wachsen. An denen kleben viele Muscheln, denn solch kleine Felsen verschwinden hier alle im Wasser, sobald mal die Wellen groß angerannt kommen. Deshalb überleben an den kleinen Felsen viele Muscheln, und auf ihnen ist es fast immer glitschig. Nicht leicht da zu balancieren, barfuß schon gar nicht. Manche Muscheln haben scharfe Kanten, da muss man sehr schnell ausweichen, weil es weh tut... Fidefix denkt noch, ob das nicht sogar gefährlicher ist, wie Knut da balanciert, als Autos auf der Straße für einen Hund...

...DA IST ES AUCH SCHON PASSIERT.

Fidefix wollte gerade wieder den Kopf zu O-reli wenden, da sieht er noch, wie Knut rutscht und wie er versucht sich im Fallen mit den Händen zu stützen -- und irgendwie sieht das blitzschnell total gefährlich aus. Knut liegt jetzt im Sand.
Fidefix rennt sofort zu ihm. Sogar die Schuhe vergisst er.
Knut liegt, und es tut ihm sehr weh.
„Ich bin so blöd...., so blöd! Gleich am ersten Tag. Mein Fuß ist umgeknickt. Der tut so weh. Und mein Arm auch."
„Steh auf! Das Wasser rennt zu dir! Du musst hier weg!"
„Ich kann nicht aufstehen. Der Fuß ist kaputt. Und mein Arm tut weh. Ich versuch, ob ich kriechen kann."
„Du kriechst so langsam..., das Wasser rennt viel schneller!"

Und schon rast Fidefix zurück zum Bistro. Denkt jetzt auch keine Sekunde an O-reli. Rast zu den Menschen und zu den schwarzen Hunden. Keiner beachtet den aufgeregten Kleinen. Also ruft er zu den beiden großen Hunden.
„Los, wir müssen bellen, alle drei. Und dann rennen wir zu Knut, ihr kommt mit. Er braucht sofort Hilfe, -- die Wellen!"
Schon stehen alle drei Hunde vor den paar Menschen am

Bistro und bellen im Chor. Und je doller Fidefix bellt, desto doller bellen auch die großen Hunde, obwohl sie gar nicht so genau kapieren, warum sie sich aufregen! Immerhin reagieren jetzt einige Menschen an den Tischen und schauen zu den bellenden Hunden. Und schon rennt Fidefix zum Strand, die zwei großen Hunde ihm hinterher. Die Menschen haben es halb verstanden, einige traben langsam über die Straße zum Strand, weil sie mal sehen wollen, was los ist, und warum die Hunde verrückt spielen.

Die sind natürlich schnell bei Knut. Dem reicht schon das Wasser bis zum Bauch, weil er im Strudel nur mühsam kriechen kann. Um ihn rum wabern anrollende Wellen, eine sogar ihm über den Kopf, seine Haare sind bereits vollkommen nass!

„Könnt ihr ihn packen und ziehen?!" ruft Fidefix den Schwarzen zu.

Klar können die großen Hunde das. Vorsichtig packen sie Knuts Jacke mit den Zähnen, der eine auf der einen, der andere auf der anderen Seite, und sie ziehen Knut. Da kommt er schneller voran. Aber das haben auch längst die Menschen gesehen und kommen nun angerannt. Gemeinsam schaffen sie es, Knut rechtzeitig vor den Wellen zu retten. Sie tragen ihn fast, denn auf einem Fuß kann er nicht auftreten. Und auch einen Arm kann er kaum bewegen. Also stützen sie Knut. Und er redet aufgeregt mit den Freunden, redet laut an gegen das rauschende Wasser und redet aufgeregt in diesen unverständlichen Wörtern! Die Hunde bleiben dicht bei der Gruppe. Und Fidefix spürt, wie wütend und verzweifelt Knut ist.

Im Haus legen sie ihn aufs Sofa und einer telefoniert. Dann gehen sie alle fort, bis auf eine Frau. Die bringt Knut jetzt ein Handtuch für seine nassen Haare und zur Beruhigung auch ein Glas Wasser. An Fidefix denkt sie natürlich nicht. Der liegt unterm Tisch, beobachtet von hier aus genau, was jetzt noch passiert. Die Frau sagt kein Wort. In der Stille denkt Fidefix nun vorsichtig zu Knut hin.

„Dein Bein tut weh?"
„Hauptsache, der Fuß ist nicht gebrochen. Wie damals bei dir!"
„Richtig kaputt mein Bein?"
„Ja, dreifach gebrochen war das bei dir. Du musstest sogar operiert werden. Hoffentlich ich nicht auch! Dann können wir sofort den Koffer packen! Zumindest muss ich jetzt ins Krankenhaus..."
„Du kannst nicht weg hier! Ich hab dann Hunger!"
„Wieso, du bleibst doch nicht alleine hier! Wir fahren zusammen. Jetzt ist erst mal mein Fuß wichtig, -- oder?"
„Die Frau gibt dir Wasser, Fidefix nicht..."
Sofort sagt Knut etwas zu ihr, sie holt Wasser in seiner kleinen Schüssel. Und sie sagt lieb etwas zu Fidefix, also kommt er brav und schlabbert von dem Wasser -- lässt aber Knut nicht aus den Augen. Der sieht natürlich, wie besorgt der Kleine ist.
„Sie haben einen Arzt angerufen. Ich hoffe, es ist nicht so schlimm. Den Fuß kann ich kaum bewegen. Den Arm besser."

Also legt sich Fidefix erst mal wieder unter den Tisch und wartet. Die Frau redet mit Knut, das versteht sowieso kein Hund. So hat Fidefix ein wenig Zeit, sich wieder auf die traumschöne Dame zu besinnen. Sie wird nicht gerade jetzt an den Strand kommen, die Wellen sind ja alle angerannt, da würde sie nass werden. Oh, oh, da fällt Fidefix ein, im Schreck hat er Knuts Schuhe vergessen!
Die sind jetzt, wo Knut wäre, wenn sie ihn nicht aus dem Wasser geholt hätten! Mitten unter den Wellen wirbeln nun die Schuhe rum. Ob er die jemals wieder findet? Die kann er wohl vergessen!
„Ich soll aufpassen, hast du gesagt..., aber jetzt sind deine Schuhe weg....!"
Das ist Knuts kleinste Sorge. So ein total blöder Unfall. Am ersten Tag! Und nicht Fidefix bricht sich ein Bein, Knut selbst vielleicht! Das müssen sie jetzt in der Klinik rausfinden.

Und er könnte nicht mal Auto fahren... Wie kämen sie eventuell nach Hamburg?

Abwarten, was der Doktor sagt. Der wird ja gleich kommen.

So war es. Der Doktor hat sich den Fuß angesehen und den Arm. Dann hat er etwas zu der Frau und zu Knut gesagt, und dann haben sie Knut gestützt und sind mit ihm aus der Wohnung. Ganz langsam konnte Knut nur gehen. Und er hat schnell noch zu der Frau gesagt, sie soll viel aus der Tüte in die kleine Schüssel tun. Und zu Fidefix hat er schnell gedacht, dass der Kleine jetzt ganz ruhig warten muss.

Dann war die Türe zu.

Also sitzt Fidefix alleine hier. Piepsmäuschenstill in der Wohnung. Auch die Frau ist ja weg. Nur den Atlantik hört er, weil die Wellen unten am Strand wieder laut bis zur Mauer anrennen. Zum Glück bedeutet das der ganze Strand ist voll Wasser, j e t z t kommt O-reli bestimmt nicht. – -- Wo schwimmen wohl Knuts Schuhe rum?
Fidefix ist total alleine hier. Sie hatten sich beide so gefreut. Knut wollte ganz viel schlafen! Aber immer klettert er auf den kleinen Felsen rum, barfuß! Es musste ja mal passieren, Fidefix hätte das nicht verhindern können. Einfach ein Unglück. -- Ausrutschen kann jeder und überall.

Knut ist noch immer nicht zurück. Klar kommt er wieder. Oder er schickt die Frau, oder einen anderen, der sich um den einsamen Hund kümmert. Nur, wann?!
Noch traut sich Fidefix nicht, aus der vollen Schüssel klein wenig zu essen. Die steht da drüben und wartet, er schielt nur ab und zu mal rüber. Wenn die leer ist und Fidefix noch immer hier allein..., dann hat er Hunger und hat Hunger... und was dann?!

Also, fast könnte er heulen. Weil er natürlich nicht weiß, ob er demnächst an den Strand laufen kann um O-reli zu treffen! So plötzlich auf einmal ist alles ungewiss. Heute sind sie erst angekommen! Noch nicht mal dunkel draußen!

Bis sich Knut ganz leise meldet.
„Fidefix, hörst du mich...?"
„Ja, gut! Wo bist du?"
„Sie haben ein Bild von meinem Fuß gemacht. Er ist gebrochen. Jetzt legen sie ihn in Gips, und dann komm ich zu dir."
„Dein Fuß bleibt dort?"
„Nein, wieso?"
„Sie legen ihn!"
„Ja, in Gips! Der wird nur um meinen Fuß geschmiert. Dann wird das hart, und ich kann laufen, bis der Knochen gesund ist. Das dauert viele Tage!"
„Oh, schön! Bleiben wir hier!"
„Aha, wegen Aurélie."
„Sie kommt wieder, aber erst wenn der Sand trocken ist!"
„Was? Die ist wohl eine ganz Feine?"
„Ja, partütiert ist sie!"
„Was ist d a s denn?"
„Sie duftet."
„Ach, so eine! Ist sie denn auch verliebt in Fidefix?"
„Ganz egal."
„Das darf dir nicht egal sein."
„Nein?"
„Erkläre ich dir später, wenn ich wieder zu Hause bin."
„Ja, bleiben wir zu Hause hier. Ich will auf keinen Fall zurück nach Hamburg...!"
„Das kann ich dir nicht versprechen. Vielleicht fahren wir schnell dorthin."
„Vielleicht bleib ich dann hier, ... -- oder sowas?"
„-- Und deine Schüssel ohne mich? Bleibt die dann leer?"
„Hab keinen Hunger."
„Aus lauter Liebe! Mein Kleiner, wir denken über alles nach,

wenn ich wieder zurück bin."
„Du, ...Knut?"
„Ja?"
„Kann heute hier einer kommen und lässt mich raus?"
„Gerade sagst du, Aurélie geht nicht an den Strand, weil die Wellen dort sind."
„Ja, stimmt."
„Also leg dich auf dein Kissen und warte. Ich bin bald zurück."

„Du, ...Knut?"
„Ja?"
„Tut der Fuß weh, -- und dein Arm?"
„Bestimmt nicht so weh, wie dir deine Liebe."

„Du, ...Knut?"
„Ja?"
„Tut mir sehr schön weh!"
„Ja, das kenn ich. Ein süßer Schmerz! Schlaf jetzt und träum von deiner geliebten Dame."
„Ja, versuch ich."
„Dann will ich dich dabei nicht stören."

„Du, ...Knut?"
„Ja?"
„Bist auch lieb..."
„...anders als sie?"
„Ja, anders lieb."
„Das wirst du noch öfter erleben. Immer ist das Lieben anders."

„Du, ...Knut?"
„Ja?"
„Wie O-reli will ich keine andere."

Tja, dann war Fidefix doch eingeschlafen auf seinem Kissen.

Das Wasser hat sanft gerauscht. Ganz leise war es durchs geschlossene Fenster zu hören, dass er sehr angenehm einschlafen konnte. Er wollte bestimmt auch von der schönen Dame träumen, aber wie dann plötzlich Knut die Türe aufschließt, ist Fidefix blitzschnell wach. Springt sofort auf und rennt Knut entgegen.

Der hat seinen Fuß dick und weiß und steht ganz wacklig. Und er trägt den Arm in einer Binde, die bis rauf zum Hals geht. Aber zu Fidefix kann er sich trotzdem mühsam beugen und ihn sehr lieb begrüßen. Knut humpelt dann weiter und stützt sich auf einen großen Stock. So kommt er ins Zimmer und setzt sich erst mal.
„Ach, mein Kleiner! Das passiert mir am ersten Tag. Ich werde Bayar anrufen, er soll kommen und uns abholen."
„Bayar ist weit weg in Berlin -- bin ich froh!"
„Keine Sorge! Wenn ich ihn anrufe, dann kommt er sofort."
„Vielleicht ist er sogar in der Monkolei!"
„Ist er nicht, auch wenn du dir das wünschst!"
„Ich helf dir doch alles, er muss nicht so schnell kommen."
„Besonders hilfst du mir wenn du den ganzen Tag am Strand mit der wunderschönen Dame liegst!"
„O-reli liegt niemals nicht im Sand. Sie duscht."
„Na und? Ich kann dich auch duschen wenn du am Strand warst. Aber das magst du ja gar nicht."
„Nass sagt sie, klebt der Sand in den Haaren. Jeden Tag bürstet ihre Menschin das!"
„Scheint ziemlich verwöhnt, deine Dame."
„Ja, pamfüriert!"
„Parfümieren kann ich dich auch!"
„Wie ist das Wort?"
„P a r f ü m i e r t!"
„Kenn ich nicht, muss ich gut merken. -- Parfüriert...!"

**

Weil am nächsten Morgen der Atlantik wieder ganz still war,

wußte Fidefix, die Wellen sind jetzt nicht mehr am Strand. Also kann sie jetzt kommen!! Zum Glück war Knut schon wach und konnte zur Türe humpeln. Huii, schon flitzt Fidefix nach draußen. Und kaum Zeit zu pinkeln. Hat nirgends nach Neuigkeiten geschnuppert. Nur sofort zu der Stelle gerannt, wo er gestern gelegen hatte, als wie aus dem Himmel gefallen plötzlich s i e vor ihm stand.

Aber sie ist nicht da. Und auch die Sonne scheint jetzt so früh noch ganz schwach. Also ist es kühl und ungemütlich am Strand. Das ist Fidefix total egal. Er wartet und waaartet.
Immer mal denkt er ganz kurz, ob Knut vielleicht Hilfe braucht. Aber zu den Freunden kann er die ja telefonieren. Und eigentlich ist es ganz gut, dass er nicht bis zum Strand humpeln kann. Sonst kommt er vielleicht gerade in dem Moment, wenn auch O-reli erscheint...

„Will ich vielleicht nicht, dass er sie sieht? -- Gar nicht wahr – oder? Ich sag ihr ‚O-reli, das ist Knut – er will sehr gern, ich soll eine schöne Dame treffen! Und schöner als du kann es keine sein!' Tja, dann mag sie Knut! – Darf ihn nur nicht so lieb haben wie mich, das soll sie nicht -- nur Fidefix soll sie lieben."

Und so gehen die Gefühle hin und her in ihm. O-reli und Knut und Knut und O-reli. Und kommt sie, kommt nicht. So langsam kommt dafür zu Fidefix ein kleiner Hunger. Und der rennt ihm zwischen Bauch und Kopf hin und her. Lauf ich ins Haus zur Schüssel, warte ich hier auf O-reli? Noch ist die Schüssel ja klein und O-reli ganz riiiiesig groß...

Also liegt er da, und manchmal steht er auf. Versucht, den Sand aus dem Fell zu schütteln, weil sie das nicht mag. Aber dann dauert es ihm doch zu lange, O-reli ist nirgends zu sehen. Zunächst setzt er sich nur wartend in den Sand, dann vergisst er, dass sie den dreckig findet und legt sich wieder…
Nur nicht schlafen! Höchstens ganz klein bisschen dösen.

Und zu ihr hin blinzeln. Er liegt sowieso mit dem Kopf in ihre Richtung. Dorthin, wohin sie entschwunden war. Von dort her muss sie ja kommen...

„Willst du mir nicht ‚Hallowau' sagen?"
Fidefix springt hoch und dreht sich gleichzeitig in der Luft, weil sie von hinten gekommen war.
„Uiiiihh, bist du gelenkig! Kannst du womöglich fliegen?!"
„Oh-reli, -- ja, zu dir flieg ich wie die Wöwen! Hallowau!"
„Liegst du immer nur hier im Sand?"
„Nein, ich warte."
„Auf w e n denn?"
„Das weißt du ja. – Und du kommst hierher zu mir..."
„Och, wir gehen immer hier spazieren. Aber nur, wenn es auf keinen Fall regnet. Ich muss auch sofort zurück zu meiner Menschin wenn sie ruft."
„Darf ich auf dich warten?"
„Nicht hier im Sand. Geh nach Hause."
„Oder ich komm zu dir?"
„Nein, das geht nicht. Meine Menschin will nur mich allein im Haus. Ich darf keinen mitbringen."
„Kommst du zu mir nach Hause...?
„...jetzt ruft sie mich."

Schon ist sie weit weg. Schon steht Fidefix wieder allein am Strand. Schon setzt er sich dort und will auch im Mondschein hier bleiben. Aber dann hat er zum Glück seinen gesunden Hunger. Und als er hört, dass die Wellen wieder langsam angelaufen kommen, trottet er schweren Herzens zurück zum Haus. Bleibt aber immer wieder stehen und dreht sich zurück. Und zweimal springt er in die Luft, ob er vielleicht tatsächlich fliegen kann. Das würde O-reli sehr beeindrucken. Aber er hat keine Lust es wirklich mal zu probieren, wie diese weißen Vögel. Vielleicht dort oben mal vom Haus aus, so vom Fels runter! Vielleicht muss er dann mit seinen Beinen in der Luft wackeln, wie die Möwen mit ihren Armen?
Ach nein, er steigt nur seufzend die Treppe zum Garten rauf.

'O-reli, du liebe O-reli... Kommst du wieder, rennen wir zu Knut ins Haus, du darfst allein an meine Schüssel, versprech ich! Und Knut ist sowieso lieb. Er hat genug auch für eine zweite Schüssel. Wir warten ja so lange schon auf eine Dame. Wirklich, kannst du uns glauben, Oh- r e l i....'

Und mühsam steigt er die Treppe zur Wohnung rauf. Die Türe steht wieder klein wenig offen, dass Fidefix herein kann. Knut liegt auf dem Sofa mit einem Buch. Und die Schüssel ist auch voll bis ganz oben. Fidefix mag gar nichts essen, er geht nicht zu Knut, geht ganz leise zu seinem Kissen und will nichts zu ihm hin denken.

Aber Knut hat ihn längst bemerkt.
„Zum Glück weiß ich, wo du so lange warst, sonst hätte ich mir Sorgen gemacht."
„Du weißt es und gut."
„Kleiner, du hast jetzt deine Liebe ganz für dich..., aber wenn sie dich so traurig macht, dann ist Aurélie vielleicht nicht gut für dich. Wahre Liebe macht munter und fröhlich!"

Fidefix seufzt und schaut weg.

„Kleiner, warst du noch nie so richtig verliebt?"
„Nein."
„Ich öfter schon."
„Ja, Knut, und traurig, warst du, das hast du manchmal anderen erzählt."
„Traurig war nur das Ende der letzten Liebe."
„Warum?"
„Wir waren beide auch manchmal hier im Haus in Frankreich. Wir wollten immer und überall zusammen sein."
„Und?"
„Dann kam die Krankheit."
„Und dann ich."
„Ja. Aber du bist kein Mensch."
„Und du bist nicht O-reli."

„Frag sie doch, ob sie dich hier besucht."
„Ja, Knut, frag ich."
„Dann kann ich sehen, ob sie eine Dame ist, die dich traurig macht. Du willst sie mir doch zeigen? -- Ich mach mir Sorgen."
„Am Strand kannst du sie treffen, Knut."
„So weit im Sand schaff ich es mit dem Fuß nicht."
„Tut echt weh?"
„Nicht mehr so. Aber das Laufen ist schwer mit dem Gips..! Bring sie doch zu uns."
„Darf sie nicht."
„Oder ist sie zu schüchtern?"
„Ich darf auch nicht in ihr Haus."
„Tja, dann müssen wir warten. Es ist ja sowieso noch viel zu neu mit ihr."

„Knut, willst du wirklich wahr zurück nach Hamburg?"
„Leider, kann sein sehr bald. Aber wir kommen ja wieder hierher ins Haus. Sofort, wenn mein Fuß gesund ist. Ohne Gips!"
„Dann bleib ich vielleicht hier? Ich kann auf dich warten."
„Hier..., ohne mich?"
„Kann aber auch sein, Bayar holt dich gar nicht..."
„Ich hab ihn angerufen. Morgen ist er bei uns. Er kann uns nach Hamburg fahren."
„Gut, soll er dich fahren. Ich warte am Strand."

Eine Weile denken sie nichts zueinander.

„-- -- Fidefix...?"
„...ja?"
„Wenn du nicht zu ihr darfst.... und du hier allein bist... bringt sie dir dann was für deine Schüssel...?"

Dem Kleinen fällt nicht sofort eine Antwort ein, dann denkt er trotzig.
„... Kann ich sie ja fragen."

**

Und so müde war Fidefix dann, dass er wieder nicht gemerkt hat die Nacht ist längst vorbei und draußen scheint die Sonne. Kurz blinzelt er und sieht, dass Knut mit seinem Kaffee auf dem Sofa liegt. Sofort denkt Fidefix an O-reli. Dass sie vielleicht am Strand wartet! Er springt auf, streckt sich kurz.
„Ich muss raus!"
„Guten Morgen!"
„Ja. Machst du die Türe auf?"

Knut schaut lange zu ihm. Beide halten ihre Gedanken an. Beide spüren, es ist besser, jetzt nichts zu fragen...

Also greift Knut nach seinem langen Stock und stützt sich darauf.
„Falls du dieses Ding nicht kennst, es ist eine Krücke. Ich brauch sie, solang der Fuß in Gips ist."
„Haust du mich mit der Kügge?"
Während Knut wacklig zur Türe humpelt.
„Mit gar nichts würde ich dich jemals hauen! -- Die Türe lass ich dir wieder einen Spalt weit offen. Vielleicht kommt Aurélie ja mit, dann ist sie hier bei uns willkommen. Sag es ihr."

Fidefix wollte schon raus, bleibt plötzlich stehen.
„Knut, ... fährst du nach Hamburg, bleib ich nicht hier."

Schon flitzt er durch den Türspalt raus und sofort die Treppe runter zum Strand.
Knut murmelt für sich.
„Das ist ja schön, dass du drüber nachgedacht hast. Danke....!"

**

Am Strand will Fidefix heute auf keinen Fall zu der Stelle, wo er gestern auf O-reli gewartet hat. Heute mal weiter weg. Sie soll nicht sicher sein, dass er auf sie wartet. Fidefix hat ja bisher allen Damen gut gefallen. Und sie sind alle zu i h m gelaufen. Das soll O-reli nun auch mal machen!

‚Ich guck nur zum Wasser! Zu Wöwen und Wolken. Ganz klein wenig auch mal zur Seite, ob sie vielleicht kommt. – Ich lauf dann nicht zu ihr.... oder nur klein kurz... bis hierher vielleicht!'

Er bleibt weit genug von der Stelle entfernt, wo sie sich bisher getroffen hatten.

‚Und ich leg mich dreckig in den Sand! Ganz egal. Ich bin Fidefix! – Kann aber sein, wenn ich liege, sieht sie mich nicht? Weil ich ja hier liege und nicht dort wie gestern. Besser steh ich hier! Muss sie mich ganz kurz nur suchen. -- Wenn sie mich hier nicht sieht?! Gut, geh ich noch bisschen rüber wo ich war. Aber hier leg ich mich in den dreckigen Sand! Und guck nur zum Wasser. Nicht gucken, wo sie kommt!

Oder sie findet mich nicht, denkt vielleicht wir sind nach Hamburg weg? Und wir kommen niemals wieder! Oder vielleicht wohnt sie auch in Hamburg...?! -- Ja, -- ! Udo und die Kinder waren auch hier am Strand, und John sagt ‚ich werde Spieler beim HSV!', also sagt Knut zu den Kindern ‚HSV? Dann seid ihr ja aus Hamburg'!

Sofort frag ich das auch O-reli wenn sie jetzt kommt! Setz mich besser hier wie immer, ganz egal, sie soll mich gleich sehen. Und ich frag auch gleich nach Hamburg! Kann vielleicht sein, wir sind beide aus Hamburg! Dann wäre es das Überschönste! -- Außer... Knut wird traurig in Hamburg, wenn ich nur immer O-reli sehen will? Er ist schon traurig hier, weil ich allein zum Strand renne zu ihr. – Aber ist sie aus Hamburg, kann ich jetzt mit Knut zurück. Weil ja O-reli auch bald dort kommt...! Jaaa, ganz bestimmt, wir sind beide aus Hamburg!!! Knut soll sowieso nicht alleine fahren ohne Fidefix...!'

Längst liegt er also wieder genau an der Stelle im Sand, wo Aurélie ihn beim ersten Mal entdeckt hatte. Aber jetzt wartet er besonders unruhig, und besser setzt er sich, damit sie ihn auch wirklich sofort sieht. Er dreht den Kopf zur einen und zur anderen Seite, darf sie ganz sicher nicht verpassen. Von weit her schon will er sie sehen!
„Wartest du schon lange?"
Wieder springt Fidefix in die Luft und dreht sich dabei. Diesmal steht sie wieder heimlich hinter ihm, war aus einer ganz anderen Richtung gekommen.

„Lustig, wenn ich dich überraschen kann. Seh' ich gerne, wenn du so springst".
„In dem Haus mit der Menschin, -- wohnst du da immer?"
„Komm nicht dorthin, das mag sie nicht!"
„Vielleicht wohnt ihr auch in einer großen Stadt, so wie ich...?"
„Ja, in einer sehr großen."
„Vielleicht Hamburg?"
„Was ist Hamburg?"
„ -- -- -- Kennst du nicht... ?"
„Natürlich nicht. Wie klein ist das? Viele Häuser?"
„Viele tausend."
„Siehst du, so winzig."
„Oder noch mehr tausend!"
„Was denn nun? Millionen?"
„Tausend Millionen."
„Das lügst du jetzt. Keine Stadt ist so groß wie meine. Ich bin Pariserin."
„ -- Also nicht Hamburg ..."
„Ich muss wieder weg, sie ruft..."
„Bleib noch ganz kurz!"
„Wozu denn?"
„Knut will dich sehen."
„Den kenn ich nicht."
„Knut ist mein Mensch. Und sehr lieb. Nur du bist vielleicht lieber..."
„Was denn nun? Er oder ich!"

Fidefix wundert sich, dass er nicht sofort antwortet.
Wieso fragt sie so was?

„Darüber kannst du ja mal nachdenken...!"

Superschnell flitzt sie davon. Und genauso schnell flitzt Fidefix nun heim zu Knuts Haus. Schafft aber nur den halben Weg, weil in ihm plötzlich alles weh tut. Er bleibt stehen und weiß gar nichts mehr.

Knut oder O-reli? Sowas fragt sie?
‚Bringt sie dir was für deine Schüssel?' Das hat auch Knut gefragt. Schüssel, Schüssel! Kein Hund verhungert, wenn er nur ein bisschen clever ist. Und hier beim Atlantik sind alle Nachbarn sowieso sehr lieb zu Fidefix. Wenn er mal Hunger hat, dann besucht er die! Auch wenn er nix versteht was sie sagen, es ist immer zu spüren, dass sie ihm etwas sehr Liebes sagen. Und immer geben sie ihm was Leckeres. Nein, wegen seiner Schüssel hat er hier überhaupt keine Sorge... Aber **Knut oder O-reli**, was soll das werden? Und sie lebt nicht in Hamburg! -- Was überhaupt ist Paris?!

Wieder steht die Türe klein wenig offen. Als Fidefix aber ins Haus kommt, ist Knut nicht alleine. Christine ist da. Sie kennt ja den Kleinen gut, und beide freuen sich.
„Christine bereitet das Bett für Bayar vor. Dass er sich morgen ausschlafen kann, ehe wir nach Hamburg fahren."
„Vielleicht paar Tage schläft er erst einmal...?"
„Fidefix, ich dachte, du hast dich entschieden?"
„Sag nicht du auch ‚O-reli oder Knut'!"
„Hat s i e das gesagt?"
„Was ist Paris?"
„Das ist die größte Stadt in Frankreich."
„So groß wie Hamburg?"
„Nein, größer."
„Und lang zu fahren?"
„Von hier aus weniger weit, -- von Hamburg ja."
„Sehr lang von Hamburg?"
„Ach, Kleiner, wenn du willst, fahr ich mit dir nach Paris."
„Wirklich?!"
„Wenn du unbedingt musst."
„Nach Paaariiiis.... !"

Wie eine Rakete zischt Fidefix aus dem Haus. Zum Glück steht die Türe noch offen, er wäre voll dagegen gerannt. Und genauso blind rennt er runter zum Strand. Und rennt und rennt, weiß gar nicht wohin, einfach dorthin, wo sie immer nach Hause flitzt, -- aber wo wohnt sie hier? Er bleibt abrupt stehen, fast ist der Strand schon zu Ende. Dort warten ein paar Häuser. Wohnt sie in einem davon?

'Sie will nicht, dass ich sie suche. Kann leicht sein, ich finde sie mit meiner Nase. Sowieso duftet sie hier überall...! -- Ich soll aber im Sand warten, bis sie kommt.'

'Sie weiß nicht, w i r kommen nach Paris! Knut verspricht es!'

Langsam trottet Fidefix zurück.
Rot legt sich die Sonne aufs Wasser.

**

Wieder eine lange dunkle Nacht. Der Kleine allein auf seinem Kissen. Ach, wenn doch O-reli... erst mal hier bei ihm liegt..., so wie jetzt auf einmal..!!
„Ich bleib hier ganz am Rand, O-reli, kannst du bequem die Mitte haben..."
„Du hast noch gar nicht gefühlt, wie weich meine Haare sind – alles vom Duschen und Kämmen."
„Und von Parplüm... darf ich wirklich dein Haar fühlen?"
Sie schaut groß in seine Augen.
„Das darfst du, lieber Fidefix"
Aber wie er sie ganz vorsichtig berühren will, duftet sie gar nicht, sondern es stinkt nach Kaffee! Fidefix wird nun wach aus seinem allerschönsten Traum! Und am Tisch sitzen Knut und Bayar! Knut trinkt Kaffee, Bayar trinkt immer nur Tee.

„Guck mal Bayar, er ist aufgewacht!"
„Hey, Fidefix! Komm zu mir! Wie kann er so tief schlafen?"
„Ach, das ist eine längere Geschichte..."
„Ist er krank?"
„Nein, nicht wirklich."

Und zu Fidefix denkt Knut.
„Siehst du, er hört nicht unsere Gedanken."

„Aber Bayar streichelt so wunderbar wie in Berlin!"

Längst liegt Fidefix vor Bayar auf dem Rücken und spürt die allergrößte Streichel-Wonne. Legt auch den Kopf zur Seite und denkt an gar nichts, grinst sogar – nur ab und zu schaut er dabei zu Knut. Bayar beobachtet es sehr genau.

„Knut, warum guckt Fidefix dich so an? Was habt ihr beide?"
„Wieso...?"
„Irgendwas ist anders zwischen euch. Das spür ich doch."

**

Noch ungeduldiger, als alle Tage vorher, wartet Fidefix im Sand auf seine Auréli. Und heute sieht er sie von weit her kommen. Auch sie hat ihn längst gesehen, aber sie läuft kein bisschen schneller. Schnüffelt mal hier im Sand, mal dort.

Meistens bleibt sie nahe bei ihrer Menschin. Erst, als sie beide auf wenige Meter nah bei Fidefix sind, grüßt die Menschin eine andere, beide fangen an zu reden. So nutzt es Auréli gelangweilt und kommt gnädig zu ihm, vielleicht ist sie sogar etwas pikiert.
„Du bist mir nachgelaufen. Das hab ich am Strand geschnüffelt. Mich darfst du nicht suchen! Sie will das nicht."
„Ich bin extra nicht bis an dein Haus! – O-reli, wir kommen nach Paris!"
„W a s ?!"
„Ja, erst mal müssen wir leider weg, Knut hat den weißen Fuß, und Bayar ist hier fürs Auto fahren. Aber manchmal kommen wir wieder zum Atlantik. Und wir kommen auch manchmal nach Paris, das hat mir Knut versprochen...!"
„Will ich nicht."
„ – Nein?"
„Ich will keinen Freund für ‚manchmal'. Nur einen für immer. **Und den hab ich schon.** In Paris. Und in deinem kleinen Hamburg, da suchst du dir auch besser eine Freundin für immer. -- Für manchmal, das ist gar nichts."
Beide starren sich an. Eine erstarrte Weile. Es wäre jetzt fast zum Heulen. Aber Aurélie dreht sich um und geht. Sie rennt nicht. Sie geht. Und Fidefix kommt mit einem Sprung noch einmal zu ihr.
„O-reli, einen Wunsch, bitte! Kannst du ihn mir erfüllen?"
„Was soll der sein...?"
„In meinem Traum hab ich dein schönes Haar berührt."
Aurélie schaut ihn unsicher an.
„O-reli... einmal, bitte!"
„...ganz vorsichtig?"
„Ja, ganz vorsichtig."
„Nur so von der Seite! – Ja gut, so nah darfst du stehen..."
„Ohhh... ohh... -- wunderbar..."

Eine schrille Stimme. „Aurélie!! S'il te plaît! Tu vas pas rester avec ce clébard désagréable, il a certainement des puces, viens toute suite voir ta maîtresse!"

Weg ist O-relie. Aber nicht geträumt war es, wirklich wahr hat Fidefix ihr weiches Haar berührt. Und dabei ihren Duft geatmet.

Die bösen französischen Wörter „Köter" und „Flöhe" hat er sowieso nicht verstanden. Ganz betäubt ist er vor Glück! Und steht noch immer verzückt. Egal, ob sie weg ist! Ganz nah spürt er sie noch. Und wie sie duftet...!

Bis ihn langsam ein kühler Wind vom Wasser her erreicht und er hört, dass nun die Wellen wieder rennen. Da geht er wie ein Schlafwandler heimwärts zum Haus. Und mit jedem Schritt hämmert es in seinem Kopf.
„Für manchmal, das ist gar nichts...!"
Sowas sagt sie!

Am Haus ist heute die Türe zu! Na klar, Knut hat jetzt Bayar zu Besuch, muss er sich nicht um Fidefix kümmern, vergisst er sofort die Türe. Sowieso ist der Kleine von allen ganz und gar vergessen!! **O-reli hat einen Freund in Paris.** Und Knut will ganz schnell nach Hamburg. Fidefix steht hier hundeseelenalleine vor der verschlossenen Türe. Also haut er ab! Und nicht zum Strand!

Läuft vom Haus weg. Weit oben auf den Felsen entlang, bis zu einer großen Wiese. Oft hat hier Knut mit ihm und auch seinen Freunden gesessen und hat erzählt "von dieser Wiese aus sieht man weit über den Atlantik bis nach Amerika!" Dann haben sie gelacht. Was das sein soll, "Amerika", das hat keiner Fidefix bisher erklärt. -- Noch so ein Paris vielleicht... womöglich noch größer als Hamburg, und wo ein kleiner Hund ganz brutal einsam ist...

Auf der Wiese sitzt Fidefix, hoch über dem Wasser, ganz nah am Rand von hohen Felsen, und niemand sonst ist hier. Also kann er laut, laut heulen. Sitzt und heult zum Himmel. Viel lauter als die Wellen, die unten gegen die Küste rennen. Wär auch egal, wenn er paar Millimeter weiter nach vorne rutscht, vielleicht auch ausrutscht, wie Knut. Und hier nicht von einem kleinen Felsen im Sand rutscht, nein, hier von ganz weit oben runter. Wo man vielleicht rutscht bis nach Amerika! Sowieso ganz egal wohin.

Nur noch heulen will Fidefix. Außer, wenn O-reli sagen würde ‚Komm, wir schwimmen jetzt beide nach Amerika! Dort ist eine Stadt so groß wie Paris und Hamburg zusammen! Da leben dann wir beide! Schwimmst du mit? Traust du dich, mein Fidefix?' 'Oh ja, sofort!' Für O-reli würde Fidefix ins tiefste Wasser springen, sogar von hier ganz oben! Aber -- springt s i e dann auch? ---
Das Wasser ist ihr klebrig. Und wenn sie beide von hier bis nach Amerika schwimmen, kommt sie dort klebrig an, sie hat dort gar kein Fell mehr weich von der Dusche! Dann heult nämlich O-reli…! Und dann sind sie alle beide in Amerika uuunglüüücklich. Wie hier der einsame Fidefix schon so uuunglücklich ist. Nur noch heuuult und heuuuult. Und von der Felskante trotzdem jetzt bisschen zurück zur Wiese rutscht, weil er ja auch in Wahrheit gar nicht glaubt, dass sie mit ihm nach Amerika schwimmt. Sie will ja nicht mal in Paris ihren Fidefix wiiiedersehen...

„O-reliiii, keinmal kann ich dich in Hamburg vergessen. Keine Dame mehr kann so duften! Mit keiner will ich ihre Haare fühlen, mit keiner kuscheln auf meinem Kihiiissen! Ooooo-reliiiiii....!"
So laut heuuult der kleine Fidefix, sooo allein sitzt er hier oben. Keiner weiß, wie weh das tut wenn er mit Knut wegfährt… und Oh-reli ist dann in Paris mit ihrem Freund für immer.
„Will deinen Freund auch gar nicht sehen in Paaaariiiis.....!"
Niemals in seinem Leben hat Fidefix so geheuuult. So allein wie heute hier war Fidefix nur ein einziges Mal in seinem

Leben! Klein und an den Busch gebunden. Aber da hat er fest geglaubt es wird ihn jemand finden. Nur jetzt nimmt ihn keiner auf den Schoss, und soll ihn auch keiner auf den Schoss nehmen! Wenn überhaupt, dann soll nur O-reli ganz nahe zu ihm kommen. Wenn sie vielleicht sein Geheul hier oben hört. Oooo-reeeliiii...!!

Und weil er so laut heuuult, wie er noch nie jemals geheult hat, spürt er auch nicht, dass Knut alles hört von weit her. Fidefix spürt nicht mal das Auto, in dem sich Knut von Bayar ganz schnell hat fahren lassen. Ihm gesagt, er soll dort am Weg warten. Und gestützt auf die Krücke ist Knut über die Wiese gehumpelt so schnell er konnte. Und dann ganz leise zu Fidefix, bis er hinter ihm steht. Und Fidefix heult immer weiter so laut. Aber da kniet Knut sich langsam runter zu ihm, und auf einmal umarmt er den Kleinen… hebt ihn zu sich. Und Fidefix erschrickt nicht mal, liegt nur still in Knuts Arm und sieht ihn mit großen Augen an.

Ein feiner Regen fällt. Das Meer ganz still da unten, alles um Fidefix und Knut drumrum ist vollkommen still. Beide sehen sich nur an.

„Komm nach Hause, Kleiner. Wir fahren nach Hamburg, und du wirst diese Pariserin bald vergessen."
„Nein, kann ich nicht. Sie vergessen kann ich nicht und immer."
„Du kannst es. Weil wir in Hamburg zu viel mehr Wiesen fahren als bisher. Und du wirst viel mehr schöne Damen sehen. Bis eine auch wunderschön dort ist."
„Gibt keeeeine, -- das weiß ich!"
„Ganz anders duftet eine Dame in Hamburg!"
„Nein, nein, ich bleib immer nur zu Hause. Und ich geh zu keiner Wiese mehr, nur in den Gaaaarten..."
„Das ist nicht gut, nur zuhause liegen."
„Mit d i r ist das gut."

„Kleiner, ich bin keine Hundedame. Und Aurélie ist nicht die einzige Schönheit auf dieser Erde!"
„Amerika ist größer als Paris?"
„Da musst du nirgends hin. Hamburg ist groß und glücklich."
„Vielleicht Berlin?"
„Oder Berlin, ja."
„Noch schöner ist vielleicht Parihis..."
Mit einem tiiiefen Seufzer schläft der Kleine erschöpft in Knuts Armen ein.

**

23.
Und dann starten sie im Auto zurück nach Hamburg. Bayar steuert es, Knut liegt vorne, denn er hat seinen Sitz nach hinten gekippt, damit er liegen kann und den ‚weißen Fuß' bequem ausstrecken. Weich in seinem Kissen auf dem Rücksitz liegt traurig Fidefix. Sie fahren am Strand entlang, aber da will er gar nicht aus dem Fenster schauen, weil er nicht wieder heuuulen mag. Nur ganz kurz dreht er den Kopf dorthin, -- nein, O-reli läuft nirgends allein im Sand und wartet natürlich nicht auf ihn.

Jetzt fährt das Auto auch schon auf einer schnellen Straße, wo es langweilig wird und dem Kleinen schwindlig, wenn draußen alles vorbeiflitzt. Also legt er sich flach auf sein Kissen, kann aber nicht schlafen. Und wie er so traurig liegt, dreht plötzlich Knut nach rückwärts den Kopf zu ihm.
„Willst du zu mir kommen? Ich lieg hier vorne fast wie auf dem Sofa."
Fidefix weiß sofort, was Knut ihm anbietet. Auf seinem Bauch kuscheln, der sich sanft bewegt, rauf und runter mit seinem Atmen. So sind sie beide oft schon eingeschlafen. Immer, wenn Fidefix zu Knut auf das Sofa springen durfte,

mittags nach dem Essen, ja, manchmal sogar nachts, wenn Knut noch wach war in Gedanken. Dann kam er aus dem Bett gestiegen, oder er saß sehr spät sowieso noch am Computer, hat ihn ausgeschaltet, ist zum Sofa gegangen und Fidefix gleich schwupps zu ihm rauf.
Wie er auch jetzt vorsichtig in dem wackligen Auto zu Knut klettert. Damit hat der Kleine keine Übung, denn während der Fahrt darf er sonst nicht nach vorne klettern. Heute liegt Knut dort, mit dem ausgestreckten Fuß, heute kommt Fidefix im wackligen Auto und legt sich kuschelig Bauch auf Bauch...

Und natürlich hat das Bayar vom Lenkrad aus beobachtet.
„Seit wann darf er das?"
„Nur heute. Weil wir beide ein bisschen krank sind."
„Ihr seid jedenfalls nicht wie sonst. Irgendetwas ist anders. Ich werd es schon noch rausfinden."

Fidefix schaut herauf in Knuts Augen.
„Muss er nur zu uns hören..."
„Ja, vielleicht. -- Wollen wir jetzt schlafen?"
„Kann nicht."
„So traurig?"
„Traurig für immer..."

„Soll ich dir was versprechen?"
„Ja...?"
Fidefix schaut gespannt zu ihm, fast prüfend, denn Knut soll jetzt ja nicht lügen!
„Ich frag, wo ihre Menschin wohnt in Paris. Und wenn du es gar nicht mehr aushältst ohne Aurélie, dann fahren wir dorthin. Musst du nur warten, bis bald mein Fuß gesund ist."

„Dann finden wir sie, glaubst du?"
„Das versprech ich dir."
„Schläfst du schon...
 ...wirklich fest versprichst du das?"

pssst...!! Weiter wird heute ihre Geschichte nicht erzählt. Aber Knut hält immer was er verspricht. Bald werden sie nach Paris fahren. Und natürlich kommt dort alles ganz anders als Fidefix heute erwartet. Denn in Paris trifft er überraschend die lustigste amerikanische Hundedame. Eine Touristin aus New York. Und das kann jetzt schon verraten werden. Auch dorthin werden dann beide reisen, Fidefix mit Knut. Und in New York treffen sie interessante Freunde. Mit ihnen fliegen sie bis ganz weit weg nach China. Fast so weit, wie die Mongolei. Für Fidefix wird es dort ausgerechnet das allergrößte Abenteuer seines kleinen Lebens. Das weiß er aber alles jetzt noch nicht. Erst mal liegt er auf Knuts Bauch und beide träumen....

...bis vorerst ihre Reise in Hamburg

endet.

Alle Rechte bei Knut Koch
LLL-Verlag   Postfach 20 03 30   13581 Berlin

knut@fidefix.com

www.Fidefix.com